元悪女は、本に埋もれて暮らしたい

登場人物紹介

キース

ラトクリフ侯爵家の次男。
タリカとは同じ学校に通っていて、
犬猿の仲だった。

キャサリン・スノー

新進気鋭の恋愛小説作家。
あまり表舞台に出てくることがなく、
謎に包まれた人物。

タリカ

気がついたら
性格極悪な公爵令嬢に
転生してしまっていた元OL。
恋愛小説が好きで、暇があれば
小説を読み漁っている。
小説家キャサリン・スノーの
大ファン。

ジゼル
キースの侍女。
クールな性格で、どんな仕事も
そつなくこなす。
マリィ
タリカの侍女。
タリカに度々オススメの小説を
教えている。
ブレナン
タリカの父。
娘を溺愛している。
ロイ
巷で人気の恋愛小説作家。
甘いマスクで、
気に入った女性には
かたっぱしから
口説きにかかる。
ジェローム
グランフォード王国の王太子。
タリカの元婚約者。

序章　タリカ・ブラックフォードという悪女

――頭が痛い。

こめかみを抉《えぐ》るような痛みと、吐き気。口内に溢《あふ》れた苦い唾液《だえき》のせいで、咳《せ》き込みそうになる。

「お嬢様⁉」

「タリカ様！」

周りで誰かが焦《あせ》っている声が聞こえる。

これは……私に声をかけているんだろうか。

――タリカ様。

私の名前はそんなおしゃれなものじゃ……いや、違う。

激痛の中でうっすら目を開くと、そこには見慣れない――いや、見慣れた白い天井が広がっていた。染み一つない真っ白な天井をぼんやりと見ているとやがて、視界に数人分の顔が飛び込んでくる。

「お、お嬢様……」

「お目覚めですか⁉　その、体調は――」

口々に言うのは、メイドさんのような格好《かっこう》をした女の人たち。

――いや、彼女たちは私に仕える侍女だ。コスプレイヤーじゃない。

「……わたくしは、いったい？」

絞《しぼ》り出した声は、少し掠《かす》れているけれど艶《つや》っぽくて愛らしい。

「お嬢様は、三日間も意識を失われていたのです」

「今朝になってうなされていたので、使用人一同心配しておりました……！」

「だ、旦那様にご報告しますね！」

一人分の顔が視界から消え、ぱたぱたと足音を立てて駆《か》け去っていく。

……ああ、そうだ。

私は、タリカになったんだった。


私は、現代日本でＯＬとして暮らしていた。

大学卒業後、就職した会社は誰もが知っているような超一流企業だったけれど、ブラックもブラック、黒炭でさえ白く見えるほどの漆黒《しっこく》っぷりだった。

一ケ月の残業時間が百五十時間を超えたり、上司のパワハラでハゲかけたり、アプローチをかけてきたイケメン同僚《どうりょう》と付き合おうとした矢先、彼が既婚者だと知ったり――まあ、色々あったものの持ち前の図太さでなんとか生き延びていた。

私はいつものように帰宅し、コンビニで買った裂《さ》けるチーズをつまみにビールを飲んでいた――はずなんだけど。

ひどい頭痛に襲《おそ》われた後、気がついたら私はここにいた。

頭の整理が追いつかなくて一瞬混乱したけれど――数秒後には、すとんと全てが理解できた。

私の名は、タリカ・ブラックフォード。ここ、地球とは異なる世界に存在するグランフォード王国屈指の名門貴族ブラックフォード家の一人娘で、公爵令嬢。

グランフォード王国では、貴族の中でもとりわけ上位に位置する家の者のみ、「なんとかフォード」の姓を名乗ることを許《ゆる》されている。

つまり、この国において私はとっても偉《えら》い。

……そんなタリカは早くに母親を亡くし、周りの者によって大切に大切に育てられた。

母親譲《ゆず》りの美貌《びぼう》を持ち、しかも生まれた時から王太子と婚約している。

そういうわけで、タリカはとてつもなくウザ――いや、高慢《こうまん》で高飛車なお嬢様に成長してしまった。

平民を見下し、通っている国立学校では女王様然として振《ふ》る舞《ま》い、令嬢たちを腰巾着《こしぎんちゃく》に据《す》え、見目のよい男がいれば側に侍《はべ》らせ……とまあ、権力と美貌《びぼう》を振りかざし大変クソ――いや、我が儘《まま》放題をしてきた。

これまでは「公爵家のお嬢様だし、王太子殿下の婚約者だし……」ということで周りも大目に見ていた。けれど、とうとう我慢ならぬと王太子であるジェローム殿下から婚約破棄《はき》を言い渡されたのだ。

王太子、よい判断である。

ただしタリカは自分の何がいけなかったのかが理解できなくて、怒りまくった末、禁忌《きんき》とされている古代呪術で元婚約者を呪い殺そうとした。

その結果呪術は失敗し、逆にタリカは命を失いそうになった。

しかし、生に執着《しゅうちゃく》する彼女はなんとか生き延びようと、新たな呪術を駆使《くし》して異世界を渡り歩く。

そこでちょうどいいところにいた、「自分と魂《たましい》の相性が合う」女を見つけ、その魂《たましい》を奪《うば》って――今に至る。

なんで私がこんなことを全て理解しているのかというと。

私がタリカに魂《たましい》を奪《うば》われた異世界の女であり、古代呪術の失敗のせいか、私の魂《たましい》そのままでタリカ・ブラックフォードの中に入ってしまったからである。

今の私は、日本人として生きた記憶とタリカとして生きた記憶、両方を持っている。

しばらく頭痛で悩《なや》まされていたのは、二つの記憶が融合《ゆうごう》した際に色々と体が不具合を起こしたからっぽい。

そういうわけで、私は今、タリカ・ブラックフォードとして異世界で生きている。

魂《たましい》だけぶん取られた「私」の体は、抜《ぬ》け殻《がら》になってアパートに横たわっているんだろうか。……なるべく早く誰かが見つけてくれることを祈《いの》ろう。

で、何が言いたいかというと。

「……こっちの私、クズすぎぃぃぃぃぃぃ！」

いきなり大声を上げたものだから、使用人たちをたいそう驚《おどろ》かせてしまった。一様に、私を怯《おび》えたような眼差しで見ている。

それはそうだ。

タリカは根っからの我儘《わがまま》お嬢様で、使用人たちをあごでこき使い、気に入らない者は父親にあることないことを告げ口して家から追い出していた。

お嬢様の怒りを買ったらすなわち、クビ。

そういうことで、彼らはいつも青い顔をしてタリカの世話をしていたのだ。

「……我ながら、とんでもない悪女だわ」

使用人を下がらせて一人きりになった私は、ベッドに横たわり、真っ白な天井を見上げて呟《つぶや》く。

二人分の記憶を持っているけれど感情は私のものだから、タリカのこれまでの振《ふ》る舞《ま》いや、周りの者に対してしでかしたことがいかに愚《おろ》かだったのかがよく分かる。

グランフォード王国中の人間にとって、自分は、尊《たっと》び傅《かしず》くべき至高の存在。

そんな歪《ゆが》んだ考えを疑うこともせず、王太子の婚約者という身分を振りかざし、刃向かう者を踏《ふ》みにじり、見目のよい男を側に侍《はべ》らせていた。その結果、ジェローム殿下に婚約破棄《はき》を言い渡された。

「……自業自得ね」

そのままさくっと自殺でもしていれば、ある意味めでたしめでたしだっただろう。

そして、偶然タリカと「相性が合っていた」私が、無理矢理こちらの世界に引き込まれることもなかったはずだ。

「……いい迷惑《めいわく》だわ」

ケッ、と吐き出したけれど、その声は以前の私のそれよりずっと可愛らしい。

私はよっこらせ、と体を起こしベッド脇《わき》のドレッサー前に腰掛けると、鏡にかけられたベルベットのような手触《てざわ》りの覆《おお》いを外《はず》す。現れた鏡面には、お人形みたいな美貌《びぼう》の女の姿が映《うつ》っていた。

美容に惜《お》しみなく金を使ったからか、タリカは見事なプロポーションを持つ美女に成長していた。地球では染めない限りありえないだろう、ニンジンのような派手なオレンジ色の髪はつやつやで、くるんくるんと内側に巻かれている。目は、赤銅《しゃくどう》色。少しだけ目尻が吊《つ》り上がっているので、勝ち気な印象があった。

ついさっきまで寝込んでいたから、簡素な白のネグリジェを着ている。その下から主張する胸はこれでもかというほど張っていて、腰はちょっと押されただけでぽっきり折れてしまいそうなほど細い。

これ、本当に内臓が入っているんだろうか？　肋骨《ろっこつ》は大丈夫なのか？

自分の体をさわさわと撫《な》でてみる。

異世界の令嬢、すばらしい体だ。毎日ビールとつまみの夜食で生きていた地球の私とは、大違いである。

……まあ、こんなに容姿が優《すぐ》れていることも、タリカの傲慢《ごうまん》っぷりを助長する原因になってしまったんだろうね。

タリカは「こんなに美しく色気に満ちたわたくしは、我慢なんてする必要がない」ってマジで考えていた。お友だちにはなりたくないタイプだ。

――あ、そういえばタリカって、子分や取り巻きはいたけれど、いわゆる「友だち」はいなかったな。

そりゃそうだ。私だってなりたくない。

第1章　元悪女、本と出会う

皆様ごきげんよう。かつてクソな言動の数々を披露《ひろう》したタリカ・ブラックフォードでございます。

逆恨《さかうら》みでジェローム殿下を呪殺しようとした挙《あ》げ句《く》、呪術に失敗して異世界人である私の魂《たましい》を取り込み乗っ取られてしまったタリカ。

そんな彼女に憤《いきどお》りを覚えながら、私は、「もう元の世界には戻れない」ということを自覚していた。とはいえ、悲しいとか、何がなんでも戻りたいとか、そこまでの執着《しゅうちゃく》はない。

かつてタリカが使用した呪術には、「私」がこの世界で生きようと思うために、生まれ育った世界への未練を切り捨てさせる効果もあった。

「私」のことなんて何一つ考慮《こうりょ》していない、本当に徹底《てってい》したクソっぷりだ。

ちなみにグランフォード王国では、禁忌《きんき》とされる呪術を使用した場合、よくて一生投獄《とうごく》、最悪処刑されてしまう。

おまけに呪い殺そうとした相手は王太子殿下。タリカは本来なら、スパーンと首を落とされても仕方のないことをやらかしたのだ。

でも、私も使用人から聞いて愕然《がくぜん》としたんだけど――タリカを溺愛《できあい》する父親・ブラックフォード公爵が、タリカが気絶している間に呪術の証拠《しょうこ》を隠滅《いんめつ》していた。

怪《あや》しい商人から買い取った呪術の本や、使用人に命じて方々《ほうぼう》から集めさせた呪いの品々は、全て処分。使用人にも口封じをし、他人の耳に入らないように対策を取っていたという。

……そういう馬鹿親なところが、タリカの性格を形作ってしまったんじゃないかと思う。

でも正直、私にとってはありがたい。

だって、ジェローム殿下に無礼を働いたのも呪術に手を染めたのも、タリカであって私じゃない。無理矢理異世界に連れてこられた挙《あ》げ句《く》、別の人間が犯《おか》した罪に問われて首が飛ぶなんて嫌すぎる。

そんなタリカの父は、数日ぶりに目覚めた娘を見るなり号泣し、「おまえが無事で何よりだよ「何か困ったことがあれば、お父様になんでも言いなさい」と鼻をかみつつ言った。

だからそういうところが……まあいいや。

久しぶりに娘が目覚めたということで、仕事から帰ってきたお父様は私を応接間に呼び、嬉しそうな顔で私と一緒にお茶を飲む。私の味覚はタリカに準じているようで、かつては紅茶が嫌いだったけれど今は普通においしく感じられた。

「……お父様、ジェローム殿下のことですが――」

このままお茶だけ飲んで、じゃあお休みなさいませ、なんてダラダラするわけにもいかないだろう。

思い切って私が切り出すと、お父様はびくっと身を震《ふる》わせた。

「……私も陛下にかけ合ったのだが、ジェローム殿下の意志は固い。それに陛下も――その、今のおまえでは殿下の妃《きさき》になるにはまだ勉強不足だろう、とおっしゃっていた」

「それってつまり、婚約破棄《はき》が確定されたということですよね」

一応タリカの記憶があるから、指摘《してき》する。娘のことを思ってわざわざ婉曲《えんきょく》に伝えたというのに、当の本人がはっきり口にしたからか、お父様はうっと言葉を詰《つ》まらせた。

「……タリカ、おまえは気に病《や》まなくていい。体調が戻り次第、一緒に王城に行って陛下と殿下への謁見《えっけん》を願い出よう」

「それは……なんのためにですか？」

「もちろん、タリカをジェローム殿下の婚約者に再び据《す》えるよう、お願い申し上げるのだ」

お父様の言葉に、私は目を見開く。

タリカ――私が再び、ジェローム殿下の婚約者に？

私の脳裏《のうり》を、ジェローム・グランフォード殿下のお姿が過《よぎ》る。

漆黒《しっこく》の髪に、エメラルドのような双眸《そうぼう》。騎士《きし》団で訓練しているので、堂々たる体躯《たいく》を持っている。繊細《せんさい》な優男というより、マッチョ系美丈夫といった感じだろうか。

そんなジェローム殿下とタリカは、お互いの相性を考慮して婚約したわけじゃない。

殿下が生まれた時から、「ブラックフォード家に娘が生まれたら、王子の婚約者にする」と決められていたそうだ。で、翌年にタリカが生まれたことで、約束どおり婚約は確定。

……私の記憶にあるジェローム殿下は、いつも険《けわ》しい顔をしていた。

タリカと婚約破棄《はき》できた彼は今、晴れやかな表情をしているのではないだろうか。世間は間違いなく、殿下に味方するはず。殿下、国民からの人気も高いからね。

タリカとジェロームがよりを戻すのは、私としても歓迎できない。かといって、娘が殿下を慕《した》っていると思って疑わず、しかも自《みずか》らの権力に溺《おぼ》れているお父様を簡単に納得《なっとく》させることはできそうにない。

……となれば。

「……お父様、わたくし、疲れてしまったのです」

私はしょぼんとうな垂《だ》れ、膝《ひざ》の上で拳《こぶし》を固めた。薄いベニヤ板一枚でさえ叩《たた》き割ることができないだろう、華奢《きゃしゃ》で小さい拳《こぶし》だ。

「わたくし、色々考えたのです。……このままジェローム殿下の婚約者に戻るよりは、一度己《おのれ》の身の振り方を考える時間を持つべきなのでは、と」

「タ、タリカ!? まさかおまえ、誰かに何かを言われたのか!?」

せっかく娘が一大決心を口にしたというのに、この人は。

お父様は私に詰《つ》め寄って肩をがっと掴《つか》むと、タリカと同じ赤銅《しゃくどう》色の目に微《かす》かな怒りと焦《あせ》りを浮かべて叫ぶ。

「さては、使用人の誰かだな！ 可愛いタリカが自信を失うよう、そそのかしたのだろう！ そうだろう!?」

「違います！ わたくしが自分で考えたのです！」

私は声を張り上げた。

部屋の隅《すみ》に控《ひか》えていた使用人たちは、顔面真っ青だ。お父様の言葉を聞き、自分たちの首が飛ぶかも……と不安になっているのだろう。

かつてのタリカなら、都合の悪いことは全て、罪をなすりつけやすい使用人など、他人のせいにしていた。

でも、私は違う。

「お父様、タリカのお願いを聞いてくださるのならば、このまま静かに過ごし、考える時間をください」

「だ、だが」

「お願いします、お父様」

以前のタリカのようにうるうるのお目目で懇願《こんがん》するのではなく、頭《こうべ》を垂《た》れてそう願い出た。

娘の行動にお父様は息を呑《の》み、戸惑いを含んだ声を漏《も》らす。

「……不思議だ。おまえは本当にタリカなのか？」

「……それ以外の別人に見えるでしょうか？」

内心どきっとしつつ冷静に言うと、お父様は肩をすくめた。

「いや、おまえは私の可愛い娘だ。ただ……まさか、おまえがそのようなことを口にするとはな」

お父様はそれまでずっと掴《つか》んだままだった私の肩から手を離し、ふーっと大きな息をついた。

かつて国王陛下と並んで社交界で輝いていたというお父様は、年を取ってちょっとお腹が出っ張り始めてもなお魅力があった。

「……分かった。私もおまえにあれこれ期待し、息苦しい思いをさせてしまったのだろう。学校のことなどは気にしなくていいから、ひとまずゆっくり休みなさい」

……ああ、そうか。王太子に婚約破棄《はき》された女が、貴族の子息や令嬢のための学校にいたら、周囲は気を使うに違いない。

自分のためにも皆のためにも、さっさと退学するべきだ。

「ありがとうございます、お父様。……そのことですが、一つお願いがございます」

私は姿勢を正した。


私がお父様に願い出たのは、「退学届けを自分の手で提出したい」ということだ。

これは私なりのケジメなんだけど、お父様は最初大反対した。「そんなことをすれば、可愛いおまえが辛い思いをする！」ってね。

でも私も引かず、最後には「ブラックフォード家の人間としての誇《ほこ》りを失いたくないのです」とお父様が何よりも大切にする家名を持ち出して、首を縦に振らせた。

……思えば、こうしてタリカが父親と言い合いをするのも初めてだ。

これまでお父様はタリカの言うことをなんでも叶えたし、そもそも父親が反対するようなことはしなかったし。

そうして私は通っていた学校に別れを告げるべく、制服に袖《そで》を通した。この落ち着いた青いワンピースを着るのも、今日で最後になるだろう。

生徒との接触を避《さ》けるため、昼前に登校する。堂々たる白亜《はくあ》の校舎は、グランフォード王国の未来を担《にな》う貴族の子女たちが学び、交友を深めるための場所。

ジェローム殿下もここの生徒で、次期国王として学友たちと共に切磋琢磨《せっさたくま》されている。

……我《わ》が儘《まま》放題をし、男子生徒を下僕《げぼく》扱いし、気に入らない女子生徒をいじめ、成績を改ざんするよう教師を脅《おど》していた私が通うべき場所じゃない。

授業時間だからか、校舎内はしんとしている。

私は足早に学長室に向かって退学の旨《むね》を告げた。私の姿を見て明らかに警戒《けいかい》していた学長は、私が頭を下げて退学を願い出たことに少しだけ驚《おどろ》いた顔をしていたけれど、余計なことは言わずに書類を準備してくれた。

書類に必要事項を素早く記入し、お父様があらかじめ書いてくれた同意書を添えて事務室に提出する。私を見て事務室はざわっとなったものの、無事退学届けを受理してもらえた。

さて、用が済んだらさっさと退散するべきだ。生徒たちだって、我《わ》が儘《まま》放題した挙《あ》げ句《く》、殿下に婚約破棄《はき》された憎《にく》き女なんて、見たくもないだろう。

私は見納《みおさ》めとばかりに校舎を見上げて――そのまま、動きを止めた。ついさっきまで誰もいなかった正面玄関前の庭園に、制服姿の青年の姿があったのだ。

ふわっとした柔《やわ》らかな癖《くせ》のある髪は焦げ茶色で、キツネのように吊《つ》り上がった勝ち気な目は琥珀《こはく》色。体の線は細くてやや中性的な印象のある青年だ。その彼はその美しいかんばせを歪《ゆが》め、鋭《するど》い眼差しで私を睨《にら》みつけている。

右腕《うで》に筒状に丸めた大きな模造紙のようなものを持っているから、授業中だけど先生のお遣いか何かで正面玄関前の庭園を歩いていて、私を見かけた――ってところか。

どくん、と私の心臓が脈打つ。

彼のことは、嫌というほどよく知っている。

タリカより一つ学年が下で、侯爵家の次男だとかで階級も私より低い。でもジェローム殿下の学友の一人に選ばれるくらいの秀才だ。それに、ほとんどの生徒がタリカに頭《こうべ》を垂《た》れて理不尽な扱いに耐えていた中、私の振《ふ》る舞《ま》いにいちいち突っかかってきたし、不快な感情を隠《かく》そうともしなかった。

ちょっと意地悪そうな美貌《びぼう》の彼だけど性格がまるで合わなかったから、タリカも自分の下僕《げぼく》にはしたがらなかったレアな人物。

「……キース・ラトクリフ」

私が乾《かわ》いた声で名を呼ぶと、彼は片頬《ほお》を歪《ゆが》めた。

「……よくもまあ、ノコノコと戻ってこられたものだ。その面《つら》の皮の厚さだけは褒《ほ》めてやろう」

彼の声は艶《つや》があり、微笑んで甘い台詞《せりふ》でも囁《ささや》けば、あっという間に女子生徒たちを陥落《かんらく》させられるだろう。

でもタリカは彼とずっと衝突《しょうとつ》してきたため、彼が私に向けるのは甘い視線ではなく軽蔑《けいべつ》の眼差し。紡《つむ》ぐ言葉は優しさではなく棘《とげ》に満ちていた。

真っ向から嫌みを吐かれても、私はぐっと拳《こぶし》を固めて唇を引き結《むす》んだ。

彼は我《わ》が儘《まま》放題なタリカを諌《いさ》め、私がいじめた生徒を庇《かば》っていた。当時のタリカはそんな生意気なキースをぼろくそに扱っていたけれど、今ではその勇気を称《たた》えたい。

……だから、彼の暴言を甘んじて受けることしかできない。

どうやらキースは私がすぐに言い返すと思っていたみたいで、私が俯《うつむ》いて黙《だんま》りを貫《つらぬ》いていると、不可解そうに眉根を寄せた。

「……あんたらしくないな。なんだよ、いつものように俺のことをコケにしたらどうだ？」

「……そんなことできません」

私が首を横に振ると、いよいよキースは気味が悪くなってきたらしく、少し後ずさった。そんな、潰《つぶ》れた虫を前にしたような反応をしなくてもいいじゃん。

「……キース・ラトクリフ。わたくしは先ほど、退学届けを提出しました。今日は学舎に別れを告げに来たのです」

「たいが――は？　嘘だろ？」

「嘘ではありません」

私はバッグから退学届けの受理証明書を取り出し、素《す》っ頓狂《とんきょう》な声を上げるキースに差し出した。私と距離を取っていたキースはすぐさまこっちに来ると、勢いよく私の手から証明書を奪《うば》って、目を皿のようにして読み始める。

「……本物だ。あんた、本気で退学するのか？」

「ええ。わたくしがここにいても、皆に迷惑《めいわく》をかけるだけ。ジェローム殿下にも申し訳が立たないので、ここから消えるべきでしょう」

キースから視線を逸《そ》らし、私は白い校舎を見上げる。

本当は、タリカの尻ぬぐいなんてまっぴら御免《ごめん》だ。でも、私はタリカ・ブラックフォードとして生きている。理不尽だと思っても、これから数十年この世界で生きていくのならば、意を決しないといけない。

キースは絶句《ぜっく》しているようだ。私は彼の手から証明書を取り返し、バッグに入れて彼に背を向ける。

「お、おい、タリカ・ブラックフォード！」

「わたくしはこれで失礼します。……キース・ラトクリフ。わたくしにこんなことを言う権利はないと思いますが、どうか、ジェローム殿下をよろしくお願いします」

「なっ……！」

背後から、キースの狼狽《うろた》えたような声が聞こえる。

本当は、たくさんの人に「申し訳ありませんでした」と言わなくてはならないのだろう。生徒たち、教師たち、その他私によって辛い思いをした人たち皆に。

でも、今さらそんなことをしても白々《しらじら》しいばかりだ。現にキースだって、私が殊勝《しゅしょう》な態度でいても訝《いぶか》しむのみだった。

私はバッグをぽんと叩《たた》き、歩き出した。

もう、後ろは振り返らない。

＊　＊　＊

退学届けが受理されたことにより、タリカ・ブラックフォードという名の引きこもりニート、爆誕である。

私は「療養《りょうよう》のため」ということで、自邸《じてい》でまったり過ごすことになったのだけれど……

「ひーまーぁ！」

周りに使用人たちがいないのをいいことに、私は裏返った声で叫びながらベッドをごろごろと転がり回っていた。

タリカは胸が大きいから、転がり回ったら胸が圧迫《あっぱく》される。巨乳すごい。

お父様は使用人たちに、「タリカが心穏《おだ》やかに過ごせるよう手配せよ」と命じたそうだ。

最初の数日はびくびくしながらドレスや宝石を調達してきた彼らだけど、あいにく今の私はそういうものに心を動かされない。それどころか、「その宝石一つでアパートの家賃が何ヶ月分払えると思うの!?」と突き返したいくらいだ。

高価そうなものは辞退し、お菓子だけいただくことにした。

タリカはベリーのソースがかかったブランマンジェのような菓子が好きだったから、よく持ってこられた。精神は「私」のものだけど、味覚はタリカのものなのでおいしく食べられた。

だからといって、一日中お菓子ばっかり食べていたら肥満《ひまん》まっしぐらだ。

今は絶妙なプロポーションを保っているタリカの体も、いつヨーロッパのマンマのような別の意味でダイナマイトなバディになってしまうか分からない。

「暇潰《ひまつぶ》しに本を持ってきてもらったのはいいけど……おもんな」

私はごろごろ運動を止め、デスクに積まれている本を見やった。

暇潰《ひまつぶ》しに本を持ってくるよう頼んだところ、使用人たちは様々な本を調達してくれた。

グランフォード王国は近年、紙の製造技術が著《いちじる》しく発達して、いわゆる活版《かっぱん》印刷みたいな技術も生まれた。それにより、昔は王侯貴族だけのものだった書籍が一般市民の手にも届くようになったのだ。

城下町で暮らす者なら図書館で本を借りられるし、ちょっと裕福な市民なら書籍を購入することもできるようになった。

でも――残念ながら、使用人たちが持ってきた本はどれもこれも堅苦《かたくる》しい内容のものばかりだった。

「政治、経済、産業、礼法。おもしろくなぁーい……」

似たようなタイトルばかりで、数枚捲《めく》っただけでリタイアである。

そもそもタリカは性格はともかく、勉強はできる方だった。だから基礎教養は身に付いているし、本を読んでもこれといった目新しい発見がない。

「ファンタジー小説とか恋愛モノとか、そういうのが読みたいのにー」

嘆《なげ》いても仕方ないとは分かっている。

なぜなら、この国において恋愛小説やファンタジー小説——ひっくるめてフィクション系の書物は一般市民や下級貴族が読むものと考えられているのだ。王族や上級貴族が読む本は学術書や実用書ばかり。

王族や上級貴族は自分や国のためになる実践的な本を読み、高度な知識を必要としない一般市民や下級貴族が空想の物語を読む——というのが常識だった。そしてタリカもまた、「架空《かくう》の物語は卑《いや》しい者が読むもの」と認識していたのである。

私は恋愛小説もファンタジー小説も大好きだ。アパートの小さな本棚《ほんだな》は小説本で埋《う》まっていたし、実家にも子どもの頃から集めた小説や漫画が大量に保管されている。

そう、いわゆるオタクだ。職場では隠《かく》していたけれど、結構なオタクだ。

こっちの世界にはこっちの世界独自の小説があると思っていたのに、それは公爵令嬢が読むものではないなんて——

もったいない！　読みたい！　読んだら刑罰《けいばつ》を受けるってわけでもないんだから、読んでもいいじゃん！　よし、読もう。

……でも、どうやって本を調達する？

先ほど使用人に相談したところ、「お嬢様が庶民の読み物なんて！」って言われてしまったし、お父様に言えば白目を剥《む》いて倒れるかもしれない。かといって、城下町の図書館に読みに行くこともできない。

公爵令嬢であるタリカの移動手段は全て馬車。城下町を自《みずか》ら歩いたことはないし、地理も全く分かっていない。

「暇《ひま》だわぁ……暇《ひま》すぎて干からびてしまいそう」

部屋にいてもつまらないので、私は廊下《ろうか》をぶらぶら歩くことにした。

ブラックフォード公爵家の屋敷《やしき》は、「フォード」の名を持つだけあり王都でも随一《ずいいち》の面積を誇《ほこ》っている。タリカの部屋だけで、私が働いていたオフィスのワンフロアがまるまる入ってしまうだろう。

敷地《しきち》面積となると――あれだ、ドーム何個分、とかいうレベルだ。

使わない部屋もたくさんあるけれど、この世界では自邸《じてい》に部屋があればあるほど威張《いば》れるそうだ。わけ分からん。

廊下《ろうか》の天井は見上げるほど高い。備え付けられた天窓はステンドグラスで彩《いろど》られているので、差し込む日差しが七色に光ってきれいだ。

あの天窓、どうやって掃除《そうじ》するんだろう。

石造りの壁には塵《ちり》一つなくて、廊下《ろうか》に等間隔に据《す》えられている甲冑《かっちゅう》もぴかぴかに磨《みが》かれている――と思ったら、動いた。ああ、見張りの騎士《きし》ね、ご苦労様。

廊下《ろうか》をぶらぶらしていた私は、前方を侍女が小走りで通り過ぎるのを目にした。

確か彼女はマリィといい、厳格《げんかく》なことで有名なベテラン侍女だけど――彼女らしくもなく焦《あせ》った様子だ。

……どうしたんだろう？

興味を引かれ、私は彼女の後を追いかけた。彼女が消えた廊下《ろうか》の先には、使用人たちの控《ひか》え部屋があった。

ついさっきバタンとドアが閉まる音がしたから、ここに入ったに違いない。

侍女も休憩《きゅうけい》時間なのだろうか。それなら私があれこれ言う筋合《すじあ》いはないだろう――そう思って踵《きびす》を返す。

「……まあ！　本当に手に入ったのね！」

「ええ！　キャサリン・スノー先生の新作よ！」

「すごい！　やっと、グレゴール様とミリーの恋の行く末が判明するのね！」

きゃあっ！　とはしゃいだような声が響いたので、私はそのままの姿勢で首だけ振り返った。

「予約しておいてよかったわ！　私が行った時にはもう、平積み分は全部売り切れていて――」

「さすが期待の新人、キャサリン・スノーね」

「去年デビューしてから、売り切れの嵐――ねえねえ、読み終わったら私にも貸してよ！」

「もちろんよ。みんなでお金を出し合ったのだから、これはみんなのもの！」

侍女たちが黄色い歓声を上げているのを、私は浮き立つ心で聞いていた。

この内容からして……皆が話題にしているのは、発売されたばかりの小説だ。それも――恋愛モノ。

なんだなんだ、「お嬢様が読むには……」なんて言っておきながら、自分たちはこんなおもしろそうなものを回し読みしていたのか！

私は使用人控《ひか》え部屋のドアに張り付き、ハアハア言いながら彼女らの声に聞き耳を立てる。傍目《はため》から見たら間違いなく怪《あや》しい人だろうけど、興奮は止まらない。

「あ、そうだ。ハリエットはこの前貸したロイ・スミスの新作、もう読んだ？」

「まだ途中。ディノルド子爵がエヴァに何も告げずに去ったシーンまで」

「ああ、そこね！　実はそこからとんでもないどんでん返しが――」

「ああっ！　その先は自分で読むから、言わないでー！」

「それより、私は『虹の王国』の続刊が早く読みたいわぁ」

「分かる！　信頼する部下デュークが実は第二王女ディアナだと知った時の隊長様の反応！　いいところで終わってしまったのよね！」

きゃっきゃとはしゃぐ侍女たちは、休憩《きゅうけい》時間だからかいつもの怯《おび》えた態度もどこへやら、小説談義に花を咲かせている。

カリカリカリ……と、私はいつしか、爪研《つめと》ぎをする猫のようにドアに爪《つめ》を立てていた。

読みたい！　超読みたい！

目をぎらつかせ、ハアハア喘《あえ》ぎながらドアに爪《つめ》を立て、使用人控《ひか》え部屋に張り付くタリカ・ブラックフォード。

この姿をジェローム殿下が見たら、ただでさえ底辺をさまよっているタリカへの愛情度は、間違いなく地中にめり込むことだろう。

もう少しめり込めば温泉でも湧《わ》くかもしれない。

「それじゃあ……じゃーん！」

「そ、それは⁉」

それは、って……何⁉

「ふふふ、見てのとおり、キャサリン・スノー先生の書き下ろし短編よ！」

「ええっ！　それって、冊数限定だって聞いているわ！　どうやって手に入れたの⁉」

「ふふっ、このマリィ様にかかれば限定小説を確保するくらいたやすいことよ！」

「マリィ先輩！」

「マリィ先輩！」

「おほほ！　それでは……この特別短編小説、最初に読みたい人は——だーれだ？」

「はぁぁぁぁぁぁい！」

バアン！　と勢いよくドアが開く。

誰か他の人が立候補するよりも早く、私は気づけばドアを叩《たた》き開け、学校の先生もほれぼれするだろう美しい姿勢で挙手していた。

私が乱暴《らんぼう》に開けたドアが壁にぶつかって振動《しんどう》している。室内に響く音は、それだけ。

それまで和気藹々《わきあいあい》と話をしていた侍女たちは今、顔面真っ青になってこちらを見つめていた。腰に右手を宛《あ》てがい、椅子《いす》の座面に片足を乗せたまま硬直《こうちょく》している侍女マリィの左手には、薄い本が——

あっ、それが冊数限定の短編小説？

だんだんドアの振動《しんどう》が弱まり、やがて完全に停止した。

その瞬間――

「お、お、おおおお、おじょ!?」

「お嬢様っ!?」

「な、なぜこのような場所へ!?」

「い、いえそれより……！　失礼いたしました!!」

どたんばたんと侍女たちが走り回り、テーブルに積まれていた本が彼女たちの手によってかき集められる。マリィは小冊子を手にしたまま椅子《いす》から転がり落ちた。

恐怖のお嬢様の登場は、私の想像を超える大混乱をもたらしていた。

「あ、いいのよ。ここは使用人の休憩室《きゅうけい》で、わたくしが乱入しただけで――」

「タリカ様！　罰《ばつ》でしたら、どうかこの不肖《ふしょう》、マリィへ！」

ずざざっと床をスライディングする勢いで私の足元に滑《すべ》り込んできたのは、マリィ。見たところ、この中では二十代半ばのマリィが最年長みたいだ。

「鞭《むち》打ちでも解雇《かいこ》でも、なんなりと。ですが、どうか後輩たちだけはお許《ゆる》しください。指導できなかったわたくしの責任でございます」

「えっ、お止めなさい。鞭《むち》打ちもクビもしないわよ」

それまで挙げっぱなしだった手を下ろし、私は慌《あわ》ててマリィに向かって言った。

「先ほども言ったけれど、乱入したのはわたくしの方。使用人が休憩《きゅうけい》時間にしかるべき場所で過ごしているのだから、なんら問題はないでしょう」

「そうはいきません。わたくしたちの声が廊下《ろうか》にまで漏《も》れていたということは、恥ずべきことでございます」

先ほど小冊子を掲《かか》げていた時とは大違いの硬質《こうしつ》な声でマリィは言う。彼女の背後では同じように、他の侍女たちが床にひれ伏《ふ》している。

……以前のタリカなら、こうして床に土下座する使用人たちの体を鞭《むち》で順番に打っていた。悲鳴《ひめい》を上げるなら何度も何度も打ち据《す》え、徹底的《てってい》に叩《たた》きのめしていたのだ。

私はぐっと拳《こぶし》を固める。

「……何度も言わせないで。罰《ばつ》を与えるつもりはないと言っているでしょう」

「しかし」

「……そこまで何か命令を与えてほしいというのなら」

私はすっと、細い指を持ち上げた。侍女たちが上目遣いでおそるおそる見守る中——

「……それ、一番に読ませてもらえるかしら？」

テーブルに転がる小冊子を、私は示したのだった。


タリカ・ブラックフォード選手、かつてない速度で階段を駆《か》け上がり、自室に飛び込んで辺りを確認するなり、すばらしい跳躍《ちょうやく》力でベッドにダイブしました。

「小説！　小説！　この世界に来て初めての小説!!」

ベッドに飛び込んだ姿勢そのまま、ごろんごろんと柔《やわ》らかなマットレスの上を転げ回る。マリィに借りた小冊子は、皺《しわ》にならないようにベッドに飛び込む瞬間に安全な場所に置いている。抜かりはない。

「これで……これでやっと暇《ひま》が潰《つぶ》せる⁉　干物にならなくて済む⁉」

んふふ、と令嬢らしからぬ怪《あや》しい笑い声と共に体を起こした私は、小冊子へ手を伸ばした。

＊　＊　＊

雨上がりの夜の薔薇園《ばらえん》は、しっとりとした露《つゆ》と土の香りに満ちている。

咲いたばかりの白薔薇《しろばら》の花びらは肉厚で、真珠《しんじゅ》のような雨粒が先端に輝いていた。

「……いけません、ロベール」

姫君はふるふると頭を振り、足元に跪《ひざまず》く騎士《きし》の肩にそっと手の平を乗せた。

「わたくしはいずれ、殿下のもとに嫁《とつ》ぐ身。縁談を断れば、わたくしだけでなくあなたまで責められるでしょう」

「しかし私はこれ以上、自分の想いに嘘をつくことができません」

騎士《きし》は深みのある低い声で宣言し、涙を浮かべる姫君を見上げた。

「姫、私は初めてあなたの護衛に付いたあの日からずっと――あなたをお慕《した》い申し上げております」

「だめ……だめよ」

「この想いは、王太子殿下だろうと消せはしない。……姫、愛しています。心から」

「ロベール……！」

「もしあなたがこのつまらぬ身に少しでも恩情《おんじょう》をくださるのであれば——どうか、この手を取ってください」

姫君の目が見開かれる。

その眦《まなじり》からこぼれた涙は、まるで白薔薇《しろばら》を飾《かざ》る雨粒のようだった——

＊　＊　＊

「……あっはー！　最高！　悶《もだ》える！　ロベールマジ罪な男ぉっ！」

たまらず私は冊子を閉じ、顔面から枕に突っ込んで絶叫《ぜっきょう》した。

「無骨《ぶこつ》なイケメン超絶最高ーっ！」

お嬢様専用のふわふわ枕は、私の魂《たましい》の叫びをいい感じに吸収してくれる。おかげで、悲鳴《ひめい》を聞きつけた使用人が飛んでくることはなかった。

私は興奮のあまりハアハアしながら、ベッドの端《はし》に転がっている小冊子を再び手に取った。

私は恋愛小説の山場や、あまあまいちゃいちゃシーンなどでは、いつも激情を抑《おさ》えることができない。そのためこうして話の途中で中断し、悶《もだ》え、叫び、動悸《どうき》が落ち着いたところで再開しなければ心臓が持たないのだ。

キャサリン・スノーという新人作家の書き下ろしで、冊数限定の非売品。

その内容はまさに、私の性癖《せいへき》ドストライクだった。

この世界の小説には挿絵の類《たぐい》はないけれど、なくてよかったかもしれない。流麗な文章のみならず美麗なイラストまであれば、私の目は神々《こうごう》しい光によって潰《つぶ》されていただろう。

「マリィ先輩、さすがッス……キャサリン先生、惚《ほ》れるッス……！」

震《ふる》える手でページを捲《めく》り、本の薄さのわりにかなり時間をかけて読破《どくは》した。

冊子を脇《わき》のテーブルに置き、ベッドに仰向《あおむ》けになった私は茫然自失《ぼうぜんじしつ》して天井を見上げた。

なんという開放感と、充足感だろうか。

それでいて……多少の物足りなさが残る。

騎士《きし》ロベールと姫君の、甘く切ない物語。

キャサリン先生が描《えが》く、生き生きとした登場人物と、息もつけないほど緊迫《きんぱく》したストーリー。めまぐるしく場面が移り変わるというのに読者を置いてけぼりにしない力加減と、乙女の心をわしづかみにするような決め台詞《ぜりふ》。


『愛しています。可愛い、私だけの姫……』

「つあーーーーー！」

タリカ・ブラックフォードの萌《も》えゲージが限界突破した。間違いない。

この小冊子の中で萌《も》えたシーンに付箋《ふせん》を入れろと言われたら間違いなく、冊子が膨《ふく》れ上がるほどの付箋《ふせん》を貼《は》っただろう。感想文を書け、と言われたら、中学生の頃に夏休みの作文で四苦八苦したとは思えないくらいの分量をしたためられるだろう。

「……幸せ」

私の脳みそがぷすんぷすんと煙《けむり》を上げる。

日本で読んでいた小説とはまた違う、この世界、この国らしい特徴や見解を加えた恋愛小説。それを読んだ私は「尊い」とか「むり」とか「しんどい」といった感想を全てひっくるめ、「幸せ」とこぼした。

私はのろのろと体を起こし、ドレッサー前に座ってメイクや服装を確認する。

さんざんベッドで転がり回ったから、オレンジの巻き毛や部屋着用のドレスは少しくたびれているし、メイクも少し落ちていた。

振り返ると、シーツや枕カバーにファンデーションやアイシャドウが移っていた。取り替えてもらわなければ。

私は最低限の身なりを自分で整えた後、テーブルに置かれているベルを鳴らした。

「お呼びでしょうか、タリカ様」

すぐさまやってきたのは、先輩——もとい、侍女マリィだった。

足を組んで優雅《ゆうが》に椅子《いす》に座っていた私は、しれっと例の小冊子を指差す。

「これを返却します。なかなか興味深かったわ」

「さ、左様でございますか？」

「ええ。……そういうことで、他の小説も読むわ。侍女や使用人たちにも、わたくしの好みに合いそうなものがあれば持ってくるように言いなさい」

これまでフィクションに興味のなかったタリカが、「わたくしの好みに合いそうなもの」と言っても無理難題に思われるだろう。

でもマリィはきりっとした表情で頷《うなず》き、小冊子を回収した。

「かしこまりました。皆にもそのように伝えて参ります」

「ええ。それから念のため、このことはお父様には伏せるように」

「もちろんでございます」

一礼し、マリィは去っていった。

彼女も、廊下《ろうか》に聞こえるくらいの声で大はしゃぎしていたというのは失敗だと、分かっているようだ。私が俗な小説を読んでいることをお父様に告げない代わりに、例の件もチャラにする。それが、私がマリィと言葉の裏で交《か》わした取引だった。

マリィが去った後、私は姿勢を崩《くず》してテーブルに頬杖《ほおづえ》をつく。

今回読んだ作品の作者は、キャサリン・スノー先生。

マリィたち曰《いわ》く、去年デビューしたキャサリン先生は現在、小説を連載《れんさい》しているという。マリィが予約までして購入したのは、その最新刊。

小冊子でさえ私のハートをズガンとぶち抜いてくるのだから、長編小説となると——？

くふふふ、と私はくぐもった笑い声を上げてしまう。

どうやら、当分は暇《ひま》が潰《つぶ》せそうだ。

＊　＊　＊

キャサリン先生の小冊子を皮切りに、私は使用人たちから借りた本を読んで時間を過ごすことが多くなった。

事情を知らないお父様からは、「最近のおまえは顔色がいいし、表情も柔《やわ》らかくなったな」とのお言葉をいただいた。

侍女たちはとっておきの恋愛小説のみならず、実家にあったという冒険小説や、子どものために買ったという空想小説を貸してくれるようになった。

公爵家に仕える彼女たちは隠《かく》れてそういうのを読んでいるみたい。

マリィたちの中では、「お嬢様は婚約破棄《はき》のショックで意識を失ったことで、人格が変わった」ということになっているらしい。訂正《ていせい》することはできないし、こっちにとっても都合がいいので、そういうことにしておいた。

ただ、巡回《じゅんかい》の騎士《きし》からは、「最近どこからともなく、呻《うめ》き声や小さな悲鳴《ひめい》が聞こえるような……」と言われてしまった。すみません、それはお嬢様の魂《たましい》の萌《も》えシャウトです。

で、色々な作家の作品を読んでみたのだけれど――

「……私にはあなたが一番です、キャサリン先生――！」

一冊読み終えた私は、ほうっと息をついた。

私が出した結論は、「キャサリン先生の作風が一番性癖《せいへき》に刺さってくる」ということだった。

キャサリン・スノーというのはペンネームで、本名も年齢も生まれも不詳。分かっているのはラトクリフ侯爵家の侍女であるということのみだ。ラトクリフ家は使用人に対してかなり寛容な家らしく、彼女の活動を特に制限していないようだ。

情報通のマリィ曰《いわ》く、多くの作家は会合を開いたりファンたちと交流したりするそうなんだけど、キャサリン先生は引っ込み思案なことでも有名らしい。噂《うわさ》では、担当の編集者でさえキャサリン先生とまともに話したことはなく、たいていは先生の助手とやり取りをしているという。

謎《なぞ》に満ちた新鋭《しんえい》作家、キャサリン・スノー。

できることならファンレターでも送ってこの感動を伝えたいのだけれど、腐《くさ》っても公爵令嬢である私が手紙を送るのはよろしくない。

手紙には色々と不安な面があるし、そもそも貴族の令嬢が自《みずか》らペンを執《と》るのは、恋文への返信くらいしか許《ゆる》されない世界なのだ。

キャサリン先生が得意とするのは、身分差のある男女の恋愛。小冊子は姫と騎士《きし》だったが、連載《れんさい》長編は王子と平民の娘の恋を描《えが》いていた。

本に挟《はさ》まれていたインタビュー記事によると、彼女はハッピーエンド主義らしい。となれば連載《れんさい》中のグレゴール様とミリーのすれ違いラブもハッピーエンドになるはず。だけど、それまでの過程が切なすぎて不安になる。

その上最新刊では主人公ミリーを誘惑《ゆうわく》するライバル貴公子まで現れて、ドキドキが止まらない。物静かなグレゴール様と、華やかで色っぽい貴公子。彼らに挟《はさ》まれたミリーの決断は……いかん、想像しただけで鼻血が出そう。

「キャサリン先生……どんな人だろう」

こんなに甘くてロマンチックな恋愛を描《えが》くのだから、きっと情緒豊《じょうちょゆた》かな素敵な女性なんだろう。できることなら直接お会いして、小説の感想をお伝えしたいんだけど……無理だよなぁ。

「お嬢様、マリィでございます」

うーんと頭を抱えていると、控《ひか》えめなノック音に続き、落ち着いた声が部屋に響いた。

「はい、お入りなさい」

「失礼します」

しずしずと入室してきたマリィを、令嬢らしい落ち着いた態度で迎える。

お茶の用意でも持ってきたのかと思ったら、マリィはいつものワゴンを押していなくて、代わりに銀のトレイを手にしていた。これは、手紙を持ってくる時に使うトレイだ。

以前はお茶会の案内とかサロンへの招待とかの手紙がひっきりなしに届いていたけれど、私が殿下に婚約破棄《はき》されて自宅療養《りょうよう》するようになってから、そういった手紙はぱったりと来なくなった。だから、今になって手紙が届くとはちょっと意外だ。

「誰かから手紙でも届いたの？」

「いえ……一つ、お嬢様にご報告することがございます」

マリィはそう言うと私の前にやって来て、トレイを差し出した。そこに載《の》っていたのは手紙ではなくて、ぺらっとした薄手の紙だ。

これは……チラシ？

「キャサリン・スノー女史サイン会開催のお知らせについての広告です」

なんのことだろうか――と思っていた私だけれど、マリィの読み上げる内容を耳にしてはっと目を見開く。

……キャサリン先生の、サイン会？

マリィが淡々と読み上げた内容をまとめると――あの引っ込み思案で有名なキャサリン先生が、今回とある大規模書店との交渉《こうしょう》の末、サイン会を開くことになったのだという。

サイン会って、この世界にもあったのね。いや、それはともかく――

「行く！」

「……いえ、お嬢様のためにわたくしがサインをいただきに行こうかと」

「いいえ、わたくしが直接行きたいわ！」

はいっ！　と以前のように真っ直ぐ手を挙げ、私はマリィに詰《つ》め寄る。

キャサリン先生とお会いできる、またとないチャンス。これを逃す手はないわ！

「マリィ、わたくしはキャサリン先生の書籍をきっかけに本の良さに気づき、前向きになれたの。……お父様からも、最近の様子についてお褒《ほ》めの言葉をいただいているの、知ってるわよね？」

「それは……もちろんでございます」

「お父様には、わたくしの方から交渉《こうしょう》するわ。……わたくしが立ち直るきっかけになった作家様だもの、きっとお父様も許《ゆる》してくださる。それに、公爵家の娘だと分からないように、変装《へんそう》も庶民のフリもするつもりよ」

「まさか！」

「ねえ、お願い。マリィたちには絶対に迷惑《めいわく》をかけないと誓《ちか》うわ」

お父様への交渉《こうしょう》も全て私が請《う》け負《お》う。マリィにそのかされたのだとか、そんなことは絶対に言わせない。

最初は渋《しぶ》っていたマリィだけど、私の熱意に押されたのか、かなり迷った末に了承してくれたのだった。

よっしゃ！

マリィの了解を得た私はその日、お父様が帰宅するなり書斎《しょさい》に飛んでいってサイン会の話をした。

案の定、お父様は娘が庶民の読み物を愛読していると知って驚愕《きょうがく》なさった。でも、「キャサリン先生のご高著《こうちょ》のおかげで新しい見解を持てるようになった」「最近体の調子がいいのも、小説のおかげ」「ブラックフォード家の娘だと絶対にバレないようにする」と言うと、最終的に折れてくださった。

よっしゃ！

＊　＊　＊

サイン会当日。

私はマリィたちが準備してくれた簡素なドレスを着て、ツバの大きな帽子《ぼうし》を被《かぶ》り、鏡に映《うつ》る自分を大満足で見つめていた。

くるくる内巻きの髪は太めの三つ編《あ》みにし、背中に垂《た》らした。ドレスは動きやすさを重視したデザインで、裾《すそ》が膝下《ひざした》までなので編《あ》み上げのブーツが見える。

「どう、マリィ？　商家のお嬢さんに見える？」

「……見えるのが我ながら不思議なくらいです」

私の着付けとメイクをしてくれたマリィは、心底不思議そうに首を捻《ひね》っていた。

服やメイクはともかく、私は今日のために、「庶民らしい言葉遣い」を勉強してきたのだ。勉強といっても、マリィ同伴で城下町をぶらつき、若い女性の話に聞き耳を立ててたくらいだけどね。

私の魂《たましい》は一般市民のそれだからか、口調を変えるのにさほど苦労はしなかった。

今日お付きとして同行するマリィも、私と色違いのカントリードレスを着ていた。

マリィは男爵家の遠縁の生まれで、私より家柄は低いとはいえお嬢様だ。帽子《ぼうし》で顔を隠《かく》して並んで立つと、マリィの方がお嬢様で私がお付きのように見えなくもない。

「いいですか、お嬢様。今回は旦那様が特別に許可をくださったのです。用事が終わりましたら寄り道をせずに帰宅しますからね」

「ええ、分かっているわ。それより……私のことはちゃんとタラって呼んでね」

私は帽子《ぼうし》の位置を少し調整しつつ言った。

これから私たちは、商家のお嬢さんとそのお付きとして書店に行く。

その時にうっかりでも「タリカ様」なんて出てしまったら、とんでもないことになる。そういうわけで、お出かけ中はタラ様と呼ぶように頼んだのだ。

普段の外出時にはブラックフォード家の家紋《かもん》入りの旗《はた》が飾《かざ》られた豪奢《ごうしゃ》な馬車を使うのだけど、商家の娘に身をやつしている今は飾《かざ》りがない、シンプルな箱形馬車を借りていた。

ブラックフォード家の使用人である御者や護衛にも、いつもより簡素な服を着てもらっている。

貴族の邸宅が立ち並ぶエリアから商業エリアに移ると、私はレースのカーテン越しに見える風景に心を奪《うば》われっぱなしだった。

タリカはあまり広い目を持とうとしていなかった。

ただでさえ移動範囲は限られているし、庶民の生活になんて関心を示そうともしない。彼女にとって庶民は、その辺に転がっている石ころ同然だったのだ。

でも今は、大通り沿いに並ぶ数々の店や、買い物をする人々の姿、色とりどりの商品を遠目に見て――じわっと胸が温かくなった。

日本とは全く違う、異世界の町並み。

でもこの世界でも確かに、人々が暮らし、息づいている。

もう二度と戻れないだろう世界とは違うけれど、思ったよりも大差のない人の営《いとな》みがそこにはあった。

「……皆、買い物をしているわね」

私が呟《つぶや》くと、向かいの席に座っていたマリィは一瞬眉根を寄せた後、合点《がてん》がいったように頷《うなず》いた。

「……お嬢様はお買い物をなさったことがないのですよね。お金についてはご存じですよね？」

「ええ、学校で習ったわ」

グランフォード王国には、通貨があります。

通貨の単位は、トルックといいます。

庶民は金を払うことで、物資を購入したりサービスを受けたりします。

そんなことを、経済学の授業で習った。そう、経済学だよ？　日本なら小学生でも知っているようなことを、いい年した学生が講義で習うんだよ？

しかも、上位貴族の大半はトルック硬貨《こうか》を手にすることなく一生を終える。貿易などに関与する男性ならともかく、女性はそれこそ見ることもないかもしれない。……いや、かく言う私も実物のお金、見たことないんだよね。

「見聞を広めるため」と言い訳してマリィにお願いすると、彼女はバッグから財布を出して硬貨《こうか》を見せてくれた。硬貨《こうか》は三種類で、一トルックは小さな銅色、十トルックは少し角張った銀色、百トルックは表面に繊細《せんさい》な花の文様《もんよう》が彫《ほ》られた金色の硬貨《こうか》だった。

どうやら一トルックで庶民がパンを一つ買えるくらいの価値らしい。だいたい百円くらいだろうか。

たいていはトルック硬貨《こうか》で支払いをするけれど、貴族などが大人買いする際には小切手のようなもので支払うという。

マリィにお金の説明を受けているうちに、馬車は目的地である書店の近くに到着した。

この書店は大通りに面しておらず、店の前の道が狭《せま》い。そのため、馬車で来る際には店の真正面ではなく少し離れたところで下車して歩いてきてほしい、とチラシに書いてあったそうだ。

書店は、外観だけだとおしゃれなカフェっぽかった。

でもマリィに手を引かれて店内に入ると、そこは壁という壁が本で埋《う》め尽《つ》くされていた。ふわんと漂《ただよ》うのはインクの香り。ああ、これ、日本で行きつけだった本屋さんの匂いにそっくりだ。

店内にいる客のほとんどは、自分で本を買えるくらい経済的に余裕《よゆう》のある階級の人たちだろう。試《ため》しに、手元の台に平積みされていた本を手に取って裏返すと、バーコードはあたりまえだけど、値段表示らしきものさえ見られない。

「マリィ、これっていくらするの？」

「一つ一つに値札は付いておりませんよ。これくらいの厚さなら――だいたい十五トルックでしょうか」

十五トルック――約千五百円の本は、現代日本で言う文庫本サイズ。それもページ数はかなり少なくて、百ページあるかないかっていう程度だ。

百ページ程度の文庫本が千五百円――これはかなり値が張るな。同人誌レベルだ。

「じゃあ、こっちの分厚い本は？」

次に手に取ったのは、単行本サイズ程度の本だ。ページ数はさっきの文庫本よりはありそうだな。

百五十ページくらいだろうか。

「それなら……そうですね。装丁《そうてい》にもお金をかけていそうですし、五十トルックはしそうです」

「ひえっ……」

この薄めの単行本が、五千円。

紙質も日本の上質紙に比べればペラペラでいまいちだし、マリィが褒《ほ》めた表紙デザインも、そう言われれば他よりはおしゃれかなーといった程度なのに。

私が本の価値に興味を持ったらしいと気づいたマリィは、書架《しょか》で埋《う》め尽《つ》くされた店内を歩きながら、私にそれぞれの本のだいたいの値段を教えてくれた。

「こちらの学術書は大判なこともあり、百トルックは覚悟しておいた方がいいでしょう。この子ども向けの言語教育本は紙質がいいので、三十トルックくらいですね」

「……その、結構値が張るのね」

ぼそっと呟《つぶや》くと、子ども向けの本を棚《たな》に戻したマリィは怪訝《けげん》そうな顔をした。

「タラ様が普段お召《め》しになっている服飾品と比べれば、たいした額ではございませんよ」

あ……しまった。

ついつい日本円に換算して庶民らしい考えを述べてしまったけれど、お嬢様であるタリカは自分で買い物をしたことがない。本一冊の値段はおろか、自分が普段着用しているドレスや宝飾品の価値だって知らない。

「それなのにどうして、値が張るなんて――」と言いたそうなマリィから視線を逸《そ》らし、私はもごもごと言い訳する。

「いいえ、私もだいたいの値段の予想をしていたから――このお店にある本は学校の図書館で触《ふ》れていたものよりも紙質は劣《おと》るのでこのくらいかな、と考えていたのよ」

「……そういうことでしたか」

ひとまずマリィは納得《なっとく》してくれたようで、一安心だ。

そうしているうちに、書店の店員がサイン会開催の時間を告げた。

呼びかけに応《おう》じ、店内をうろついていたお客がぞろぞろと奥の部屋に移動し始める。どうやらあっちでキャサリン先生が待っているらしい。

「いよいよね、マリィ。キャサリン先生に会えるわ！」

「そうですね。きっと奥は狭《せま》いでしょうから、お怪我《けが》などなさりませぬように」

そうマリィは忠告するけれど、やっぱり彼女も有名な作家に会えるのは楽しみなんだろう。声が少しだけ弾《はず》んでいる。

もみくちゃにされるよりはましだと思って、私たちは列の最後尾に並んだ。最後尾だったらツバの大きな帽子《ぼうし》を被《かぶ》っていても周りの人に当たったり、逆に皆の帽子《ぼうし》にぶつかったりしなくて済む。

案内された先は、物置みたいな場所だった。ちょっと薄暗いけれど壁には複数のランタンを吊《つる》しているので、歩行に困るほどじゃない。

長椅子《ながいす》が並んでいるその先にはテーブルがあり、私のようにツバの大きな帽子《ぼうし》を被《かぶ》った女性の姿があった。

……あの人が、キャサリン先生だろうか？

「皆様、お集まりいただきありがとうございます」

私たちが椅子《いす》に座ると、さっきの店員が挨拶《あいさつ》する。

「本日はご無理をお願いし、新鋭《しんえい》の作家キャサリン・スノー先生にお越しいただきました。キャサリン先生はサインだけでなく、もしご希望であれば書籍の感想なども受け付けるとのことです。ただ……先生はあまり大きな声を出せないそうですので、受け答えは小声になること、場合によっては助手の方に代弁していただくということを、あらかじめご了承ください」

助手――ああ、今キャサリン先生の背後で立ち上がった女性かな。黒っぽい色の髪をひっつめていて、優雅《ゆうが》にお辞儀《じぎ》をした姿からは気品が感じられる。

……なんとなく、助手の人は一般市民じゃないような気がした。私のこと、気づかれないよね？

「それでは、順番にご案内します」

そうして、最前列に並んでいた人から順に先生からサインをもらい、新作の感想などを伝える時間が始まった。

読者のほとんどは若い女性みたいで、はしゃいだ声で感想を述べているのがここまで聞こえてくる。ただ、大きな声が出せないというのは本当らしく、先生の声はちっとも聞こえない。ほとんどは助手の人が返事をしているようだ。

先生は積極的に人と関わることがなかったそうだけど、大声が出しにくいというのも理由の一つかもしれないな。

ファンたちが退出していく中、私は遠目にキャサリン先生を眺《なが》めてみた。

ツバも飾《かざ》りも大きな帽子《ぼうし》に、この暖《あたた》かい時期にしては着込みすぎなんじゃないかと思える詰《つ》め襟《えり》長袖《そで》のドレス。帽子《ぼうし》の縁《ふち》からは、黒の巻き毛が覗《のぞ》いている。

椅子《いす》に座っているから正確な身長は分からないが、向かいに座っているファンと比べる限り、結構背が高い方なのかもしれない。

うーん……噂《うわさ》どおり謎《なぞ》に満ちた、ミステリアスな女性だな。

マリィと二人でお喋《しゃべ》りをしつつ、時間を潰《つぶ》す。ファン一人一人が結構長く感想を述べていたからか、私たちの番が来るまで結構時間がかかった。

「お待たせしました。最後のお客様ですね」

店員に呼ばれ、私たちは立ち上がった。

新作の感想を熱く長く語りたいのが本心だけど、先生も長時間座り続けて疲れているだろう。それに、元々あまり人前に出るのを好まない方のようだから、先生のためにもさっさと切り上げてしまった方がいいかもね。

「お初にお目にかかります。さっそく先生にサインを書いていただくのですが、お名前のご希望はございますか」

先生はテーブルに色紙代わりの薄い木の板を広げ、俯《うつむ》いていた。彼女の代わりに、助手の女性が声をかけてくる。

お名前――つまり、「タリカ・ブラックフォードさんへ」のように私たちの名前も一緒に書いてくれるのだ。

これに関しては順番待ちをしながらマリィと相談したのだけれど、まさかタリカの名前を出すわけにはいかないし、かといってタラという偽名《ぎめい》で書かれたものを飾《かざ》るのもアレだ。マリィの名前にすればいいじゃんと提案したら、「お嬢様を差し置いてとんでもない」と断固拒否されてしまった。

というわけで。

「いえ、私たちの名前は結構なので、サインだけお願いします」

私がそう答えた――瞬間。

それまでずっと俯《うつむ》いていた先生が、弾《はじ》かれたように顔を上げた。帽子《ぼうし》のツバの奥で、限界まで見開かれた琥珀《こはく》色の目がこっちを見ている。

……あれ？

なんだろう。この目と顔立ちに、見覚えがある。

顔はおしろいで染め、目元にはアイライン、頬《ほお》にはしゃれた色のチークを叩《たた》いて唇にはどぎつい色のルージュというかなりの厚化粧をしている。でも、元々の骨格《こっかく》や目の形などは変えようがない。

――脳裏《のうり》を、腕《うで》を組んで私を睨《にら》む人の姿が過《よぎ》る。

……いや、まさか――ね？

確かに似ているけれど、まさかあの人がここにいるわけ――

「……タラ様？」

マリィが心配そうに尋ね、助手の人も硬直《こうちょく》した先生の顔を覗《のぞ》き込んでいる。

「……先生、どうかなさいましたか？」

「……あ、いえ……」

先生は掠《かす》れた声を出す。

限界まで声量は落としているみたいだが――女性にしては低い声。しかも、妙《みょう》に聞き覚えのある声だ。

「……あの」

声をかけると、見ているこっちがかわいそうに思うくらい、ビクッ！　と派手に先生の肩が揺《ゆ》れた。さっきまで私を凝視《ぎょうし》していた目を伏《ふ》せ、ペンを持つ左手が僅《わず》かに震《ふる》えている。

……ああ、そういえば「彼」も左利きだったっけ。

私はすうっと息を吸い、商家のお嬢さんらしい、華やかで無邪気《むじゃき》な笑みを浮かべた。

「私、先生のご高著《こうちょ》に感銘《かんめい》を受けたのです。グレゴール様とミリーの恋愛は、読んでいるだけで胸が高鳴って、そのシーンを想像するのも楽しくて――先生のご本を読むことで、私は毎日を楽しく過ごせているのです」

帽子《ぼうし》が微《かす》かに動く。ほんの少しだけ、先生の顔が持ち上がったようだ。

私は先生に微笑みかけ、色紙用の木の板を手で示した。

「私、先生のファンです。どうか記念に、先生のサインをお願いします」

「……先生」

助手にも促《うなが》され、先生ははっとして頷《うなず》くとペンを走らせた。

「彼」の字をじっくり見たことはないけれど、サインは大ぶりで、なかなか勇《いさ》ましい字をしていた。

マリィが板を受け取り、しげしげと眺《なが》めている。その顔はほくほくと幸せそうだ。

「ありがとうございました、先生。先生の次回作も楽しみにしております」

「……ええ、ありがとう」

聞こえるか聞こえないかという声量で呟《つぶや》かれた声は、かなりくたびれていた。

＊　＊　＊

お父様の許可を得て変装《へんそう》し、キャサリン・スノー先生のサイン会に参加した翌日。

「お嬢様、お客様です」

「いやぁぁぁぁ！　だめ、そこでハグからのキスなんてシチュはだめ！　萌《も》え死ぬ！　……って、お客？　どちら様？」

「それは――」

部屋にやって来たマリィが戸惑い顔で告げた名前に、私は目を瞬《しばた》かせた。

……近いうちに接触を図《はか》ってくるとは思っていたけれど、まさか翌日に来るとは。

きっと「彼」にとって、それほど事態は逼迫《ひっぱく》しているのだろう。

「事前にお約束があったわけでも、お嬢様と懇意《こんい》になさっている方でもないので、どうしようかと思っておりまして――」

「いいわ。すぐに下りるから、支度をお願い」

私は読書用に雑に結《むす》んでいた髪をほどき、マリィに命じる。有能な侍女である彼女はすぐさま頷《うなず》き、私の支度のために他の侍女たちを呼んでくれた。

なるべく早く支度をし、階段を下りる。

「お待たせしました。タリカ・ブラックフォードでございます」

応接間に入り、淑女《しゅくじょ》の礼をする。はっと小さく息を呑《の》む気配がしたので、私は顔を上げた。

夕日が差し込む応接間。一級品の素材で作られたソファに腰掛けていた彼の琥珀《こはく》色の目は、夕日の色に染まって赤っぽく見えた。彼は唇を一文字に引き結《むす》び、立ち上がった。そしてお腹の前に拳《こぶし》を当てる、グランフォード王国の男性貴族の礼をする。

「……突然の訪問をお許《ゆる》しください、タリカ・ブラックフォード様」

「ええ、ようこそ。どうぞ楽な姿勢をなさって、キース・ラトクリフ様」

私はそう言って、キースに座るよう促《うなが》した。

タリカにとっての天敵であるキース・ラトクリフは、険《けわ》しい顔のまま着席した。私は彼の向かいに座り、マリィに茶の支度を進めるよう命じる。既にお茶は淹《い》れられていたものの、キースは一口も飲んでいないみたいだ。

自分から訪ねてきたくせに、キースはなかなか話を切り出そうとしない。……彼の目的はだいたい分かっているから、気持ちも分からなくはないけれど。

マリィが茶の支度を終えると、私はマリィに退出を命じる。彼女は最初こそ渋《しぶ》っていたが、まもなく頷《うなず》いた。同じ年頃の男女が二人きりになるなんて、マリィからすれば許《ゆる》し難いことなのだろう。

ワゴンを押して退出したマリィが、廊下《ろうか》にいた者たちにもしばし席を外《はず》すよう指示を出しているのを確認し、私はキースに声をかけた。

「……それで？　キース様は、どのようなご用件でいらしたのでしょうか」

「それは、あなたがよくご存じなのではないでしょうか」

キースは緊張《きんちょう》した声で言う。顔色は悪く、目元にはうっすらと隈《くま》ができている。昨日から一睡《いっすい》もできていないのが明らかだった。

私はキースの顔をじっと見た後、ゆっくり唇を開いた。

「……キャサリン・スノー」

ぴくっ、とキースの肩が震《ふる》える。

「昨日お会いして分かりました。城下町でも人気の新人作家キャサリン・スノー――それは、あなたのことだったのですね、キース様」

「……仰《おお》せの、とおりです」

ぎりぎりと歯ぎしりする音がここまで聞こえてくる中、彼は痛みを堪《こら》えるような顔で認めた。

……昨日のサイン会で見たのと同じ、琥珀《こはく》色の目。

タリカに堂々と物申す時はぎらぎらと輝き、雄弁《ゆうべん》にその意志を語っていた瞳。

それが今は、どんよりと曇《くも》ってしまっている。

「私は――キャサリン・スノーという偽名《ぎめい》で、昨年から執筆《しっぴつ》活動を行っています」

「それ、ご家族はご存じなのですか？」

「もちろん。……父は、文化の発展のためには必要なことだと理解しています。ですが、上位貴族に今すぐ小説を受け入れてもらうのは難しい。そのため、私が女性名で執筆《しっぴつ》活動をしていると内密にすることを条件に、容認してくれています。出版社と書店員に泣きつかれて渋々《しぶしぶ》参加したサイン会で――まさか、あなたに会うとは思っていませんでした」

うんまあ、私も思っていなかった。

キースはいったん口を閉ざした後、胸に手を当てて私を見つめた。眼差しは真っ直ぐだけれど、相変わらずその瞳に生気はなかった。

「……私は執筆《しっぴつ》活動を止めたくありません。ですが、ラトクリフ侯爵家の足かせになるわけにもいきません。……タリカ・ブラックフォード様。あなたが望むなら、私はなんだっていたしましょう」

「……はい？」

私は口元まで運びかけた紅茶のカップをテーブルに戻した。

なんだってする？　キースが、私のために？

「どうしてそうなるのかしら？」

「言ってしまえば、口止めです。……ああ、あなたは確か、見目のよい男性を側に置くのがお好きでしたね。私の顔はあなたのお好みではないかもしれませんが、あなたが命じるのならばご奉仕《ほうし》でもなんでもいたします。これでも鍛《きた》えているので、体には自信があります」

「ごっ、ご奉仕《ほうし》!?」

反射的に裏返った声を出してしまったけれど——ああ、そういえばタリカはとんだ「悪女」だったのだと遅れて思い出す。

タリカは学校で、気に入った男子生徒に声をかけては自分の側に侍《はべ》らせていた。見目の麗《うるわ》しい男をマスコットのようにぶら下げ、その数を自慢していたのだ。

といっても不埒《ふらち》な行動まではしていないのに、ご奉仕《ほうし》って……つまりソッチ関連の話よね!? 何言ってるのこの人!?

……顔が熱い。たぶん今、私の顔は真っ赤だ。

キースに訝《いぶか》しそうな目で見つめられる中、私はおずおず口を開く。

「あ、あの、わたくしは別にあなたに何かを求めるつもりはありませんし、あなたの正体を誰かにばらすつもりも全くありませんから！」

「……なんだって？」

あ、キースの丁寧な口調が崩《くず》れた。

うろんな眼差しを向けてくるキースに、私は急いで言葉を続ける。

「だって、わたくしが皆に吹聴《ふいちょう》すれば、あなたは筆を折らざるを得なくなるでしょう。そうなれば――」

「……ミリーの恋物語は、未完の大作になってしまうじゃないの！」

私は拳《こぶし》を固め、声を張り上げた。

もし私が、キャサリンの正体がキースということを皆にばらせば、彼は父親との約束どおり作家活動を辞めなければならない。いや、場合によっては「女装して庶民の読み物を書いた」ということで、侯爵家から除籍処分を受けることだってあり得るだろう。

そうすれば、私やマリィたちがハアハア言いながら追いかけているミリーの物語はどうなるの⁉ グレゴール様と結《むす》ばれないまま放置されてしまうの⁉

そんなのダメ、絶対！

「サイン会でも言ったけれど、わたくしはあなたの物語が大好きなの！　それなのに正体をばらして続きを読めなくさせるなんて、愚《ぐ》の骨頂《こっちょう》だわ！」

「は……？　いや、そもそもどうして貴族主義のあんたが庶民の読み物を愛読するんだ？」

私の家だからと猫を被《かぶ》っていたキースは驚《おどろ》きのあまりか、すっかりいつもの雑な口調になっていた。この貴族らしからぬ口調も、タリカが彼を嫌う原因の一つだったんだよね。私は全く構わないけれど。

キースのもっともな指摘《してき》にも怯《ひる》むことなく、私は同年代の誰よりも立派な胸を張った。

「……わたくし、自分の行《おこな》いを反省して見聞を広めることにしましたの。その際、これまで庶民の娯楽《ごらく》だと見下していた架空《かくう》物語にも試《ため》しに手を伸ばしてみたところ、すっかり魅了《みりょう》されてしまったのです」

「はっ……そんなこと、あるものか」

「きっかけはキャサリン先生の書いた小冊子ですけど？」

「そ、そうか。いや、それはいいとして、あんたが秘密を守ると言っても——悪いが、信じることができない。どうせ裏切るに決まってる。それならいっそ、あんたの好きなように俺を料理すればいい」

一瞬動揺したキースだけど、彼の基本方針は変わらないみたいだ。

確かに、今までのタリカの性格や言動からして、天敵の息の根を止められる最高の切り札を持ったというのに、それを隠《かく》したままにするとは思えないだろう。タリカなら、いかにすれば最もキースを叩《たた》きのめせるかを考えに考え、最悪の方法でその切り札を出すはずだ。

……でも、今ここにいるのはタリカの体と記憶を持った、異世界人の「私」。

本が好きで、キャサリン先生のファンである私が、そんなことするはずがない。

「信じてほしい、としか言いようがありません。わたくしとしては、あなたが今後も心おきなく執《しっ》筆《ぴっ》活動を行《おこな》えるよう、支援したいとさえ思いますのに」

「……信じられない」

「そのようですね。というかそもそも、どうして貴族男性のあなたが女性のペンネームを使ってましでして、恋愛小説を書いていますの？」

女である私が恋愛小説に興味を持つことよりも、貴族男性であるキースが女のフリをしてまで甘きゅんな恋愛小説を執筆《しっぴつ》しようとする方が不思議じゃないかな。

そう思って指摘《してき》するとキースの頬《ほお》にさっと朱《しゅ》が散り、彼は気まずそうに視線を逸《そ》らした。

「……たまたま町の図書館で立ち読みして、感銘《かんめい》を受けた。それで自分でも書いて、親戚《しんせき》の女の子に読ませてあげたところ――大喜びで、家族に広めてしまったんだ。そこから『もっと世に広めるべきだ』というような流れになった。だから父上も強く反対はなさらなかったし、恋愛小説を書くのが好きだと自分でも気づいたから、執筆《しっぴつ》活動を始めることにした」

「まあ……」

「ふんっ……笑いたければ笑え。あんたにとってはこれ以上ないおいしいネタだろう」

「だからわたくしはあなたの作風が好きだし続きが読みたいんだから、そんなことしないわ。何度も言わせないで」

キースが筆を折るなんて、私にとっては百害あって一利なしだ。マリィをはじめとした他のファンたちも、嘆《なげ》き悲しむに違いない。

それに何より――この世界で私がやっと見つけた趣味《しゅみ》を、私自身で潰《つぶ》すわけにはいかないのだ！

「あなたがわたくしを疑う気持ちはよく分かります。信じてもらうには……態度で示すしかないわ」

「態度だと？」

「ええ。わたくしが知ってしまったあなたの秘密。それを決して口外しないことを誓《ちか》うわ」

豊かな胸に手を当て、私ははっきりと宣言した。

向かいの席のキースは琥珀《こはく》色の目を見開いて私を凝視《ぎょうし》した後、力なく首を横に振った。

「俺は……」

「分かっています。信じて、としか言いようがないのが、わたくしも辛いの。でもどうか、これからもキャサリン先生として執筆《しっぴつ》を続けてください」

「……」

キースは唇を噛《か》みしめ、俯《うつむ》く。

それ以降彼は何も言わず、ラトクリフ家の使用人に連れられて帰っていった。

第2章　元悪女、作家の支援をする

「なんということなのかしら……！」

両手で口を覆《おお》ったけれど、呻《うめ》くような声を抑《おさ》えることはできなかった。

一ヶ月ほど前までは可愛らしい置物やいい香りのするクッション、きらきら光るビーズを縫《ぬ》い合わせて作ったモビールなどで飾《かざ》られ、「お嬢様の部屋」という表現がぴったりだった、私の自室。

そこが今、大量の本で埋《う》め尽《つ》くされている。

「ああ、もう！　どれから読めばいいというの⁉　マリィ、マリィ！　ねえ、どれから手を付ければいいと思う⁉」

「落ち着いてくださいませ、お嬢様。お茶をお持ちしましたので、一息つきながら考えることにいたしましょう」

「ええ、そうするわ！」

優秀な侍女マリィは狂喜乱舞《きょうきらんぶ》する私を見てもドン引きしたりせず、冷静にお茶の準備を進めてくれた。落ち着いた侍女を側に置けて、私は幸せ者だ。

マリィが淹《い》れてくれたお茶で一服《いっぷく》しながら、私は改めて自室を見回す。

ガラス製のローテーブルに、勉強などで使用する木製のデスク。持ち運び可能な小さめの机など、部屋中のテーブルというテーブルに今、書物がたんと積まれていた。

もちろん内容はお堅《かた》い経済学やら教育論などではなく、新旧様々なフィクションばかり。

私が小説好きになったということで、最近では侍女たちだけでなく、護衛騎士《きし》や料理人、御者など、ブラックフォード家に仕えるあらゆる人々が、私のためにとっておきの蔵書を貸してくれるようになった。

これまでは私に怯《おび》えていた彼らも、私が本をきっかけに彼らを理解しようとしていると知り、だんだんと距離を縮めてくれている。

私だって今までのようにびくびくされるより、ずっと気が楽だしね。

さらに使用人たちは私のために、古本を集めてくれたのだ。少々ぼろくても内容がおもしろければいいや、と思いながら待っていたところ、皆は極力きれいな古本を集め、私が読む前に軽くクリーニングまでしてくれた。

ここ二日ほどの間にどんどん部屋に積まれていく本を前に、私は感激のあまり泣いてしまうかと思った。

皆が集めてくれた大切な書物が汚《よご》れないよう、離れたテーブルでお茶を飲みながら、私はほうっと感嘆の息を吐き出す。

「マリィ……私、とても嬉しいわ。胸がときめいて、どうしようもないくらいなの。今日はこのたくさんの本に埋《う》もれる夢を見られそうだわ」

「それはようございました。……そういえば今朝のお嬢様は寝言で、『オデンワアリガトウゴザイマス』とおっしゃってましたっけ」

「そ、そう？　おほほ……変な夢でも見ていたようね！」

……危ない危ない。

そういえば今朝は、かつて日本で暮らしていた頃の――それも、会社で電話対応している時の夢を見たんだった。「お電話ありがとうございます」「わたくしは事務の――でございます」「おつなぎいたしますので、少々お待ちください」と言いまくった気がするから、寝言でも言っていたのかも……

給仕をしながら私とぽんぽん会話をするマリィの声は、とても優しい。かつては私のことを怯《おび》えた眼差しで見ていた彼女は今、私にとっての一番の理解者となっていた。

それにしても、こんなに素敵な小説がごく一部の階級の人にしか読んでもらえないなんて、もったいない。

「架空《かくう》物語は庶民の読み物」って食わず嫌いしている貴族社会の皆さんにも、このおもしろさを伝えたい。そうすれば、使用人や下位貴族の中で密《ひそ》かに読んでいる人たちも、隠《かく》れる必要なく堂々と読めるのに。そりゃあ学術書も必要だが、ファンタジーや恋愛には学術書とは全く違う趣《おもむき》があるし、広く需要《じゅよう》もあるはずだ。

……それにしても。

キャサリン先生の正体がキース・ラトクリフだと判明して、早十日。彼とは「信じて」「信じられない」の応酬《おうしゅう》をしたっきりだ。キースは学校に通っているから日中は忙しいんだろうけれど、それにしても全く音沙汰《おとさた》がなかった。

きっと彼も私の出方を窺《うかが》っているんだろう。私をいまいち信用しきれない彼からすれば、いつ自分の正体をばらされるか分からないと、毎日ヒヤヒヤしながら生活しているんじゃないだろうか。手っ取り早く彼の信頼を勝ち取れる方法があればいいんだけど、そううまくはいかないよね。何より、タリカのしでかした数々の悪事があるんだし。

でも、キースのコンディションが優《すぐ》れないことが原因で、キャサリン先生の新作の執筆《しっぴつ》まで遅れてしまったら——申し訳なさすぎる。私が何より困るのは、彼に断筆されることなんだから。

私が以前とは全く違い、今では本が大好きだってことを彼に伝えられたらいいのに……

あっ、そうだ。

これなら……いけるかも？

＊　＊　＊

数日後、キースが再びブラックフォード家にやって来た。今回は事前にアポを取っていたので、マリィもスムーズに取り次いでくれる。

「……先日出版社から、あんたが俺に宛《あ》てた手紙を転送してもらった」

学校帰りなのか制服姿のキースは、私に対して猫を被《かぶ》るのを止めたみたいで、いつもの雑な口調で切り出した。

私はゆったり微笑み、頷《うなず》く。ちなみにキースだけでなく私も、彼の前では舌が絡まりそうなお嬢様言葉を使わないことにしている。

「ええ。……どうだった？」

「なんというか……すごく驚《おどろ》いた。あんた、案外想像力豊かなんだな」

少し歯切れの悪いキースだけど、どことなく興奮しているようだ。

私は先日、封筒の差出人をマリィ名義にしてキャサリン先生に宛《あ》てて出版社に手紙を出した。それに記《しる》したのは――「私の性癖《せいへき》ドストライクの萌《も》えシチュ」の数々である。

こんな展開が好き、こんなカップルが萌《も》える、こんな見た目だと乙女心にぐさっと来る――私の内側から溢《あふ》れ出るパッションを長々と書き連ねたのだ。

記《しる》したのはマリィだけどね。あまりに長い文を書かせてしまったので、手が痛いと涙目《なみだめ》になっていた。

なぜ私がわざわざこんなことをしたのかというと、答えは簡単。

「……私が本気で小説の良さに目覚めたということを、あなたに理解してもらいたかったのよ」

私の言葉に、キースは戸惑ったような眼差しを向けてきた。やっぱりここしばらく安眠できていないんだろう、彼の顔色は以前よりさらに悪くなっていて、せっかくの美貌《びぼう》が台無《だいな》しだ。

彼は膝《ひざ》の上で拳《こぶし》を固め、かなり迷った様子の末に口を開く。

「……正直、俺はあんたがすぐに裏切ると思っていた。だが何日経《た》ってもあんたが俺の正体をばらす気配はないし、それどころかあんなに分厚い手紙を寄越してくる。最初は、呪いの手紙かと思ったぞ」

「それは失礼したわ。キースは女性目線での恋愛小説を書いているけれど……やっぱり男の子だからね。私の本気を伝えることに加えて、本物の女の目線で何か助言でもできたらと思ったの。余計なお世話だったら、ごめんなさい」

「いや、驚《おどろ》いたけど、あんたの気持ちはよく分かったよ」

噛《か》みしめるようなキースの言葉に私はゆっくり頷《うなず》き、ここ最近思っていたことを口にする。

「……それにね、私はこのまま架空《かくう》物語が一般市民や下位貴族のみの読み物であるのは、もったいないと思うの。私たち上位貴族は、『架空《かくう》物語を読むなんてはしたない、みっともない』という固定観念に縛《しば》られているわ。かく言う私も、庶民の読み物だと毛嫌いしていたわりには、いったいどんな書物なのか、ちっとも知らなかったのだもの」

皆が悪と決めつけるから、疑うことなくそれを悪と見なしてしまう。本当に悪なのかを見極めようとすら思わない。

私の場合はかなり特殊《とくしゅ》なケースだから例外だとしても、目の前には男性かつ上位貴族でありながら恋愛小説に目覚め、女性作家として筆を執《と》っているキースがいる。それに彼の親戚《しんせき》の女の子もキースの小説に感銘《かんめい》を受けたようだ。

……だとしたら、上位貴族でもファンタジー小説や恋愛小説のおもしろさに気づくことは、十分あり得るんじゃないだろうか。

私は眉根を寄せたキースに問うてみた。

「出版業界に関わるあなたなら分かるだろうけど……今、業界の収益はどんな感じなの？」

「……俺たちが得意とする分野の読者は、識字《しきじ》能力のある一般市民に限られる。しかし、階級の低い者だと本を買う余裕《よゆう》がないから、図書館で借りたり古本を買ったりすることになる。購入するのはそれこそ、裕福な一般市民階級の者や下位貴族くらいだ。だから……正直、儲《もう》かっているとは言えない」

「本は結構値が張るのよね。私、もっと安いと思っていたわ」

「まあ、金の存在は知っていても使ったことのないあんたには、ピンと来ないだろうな。俺たちは学校などで紙を贅沢《ぜいたく》に使用しているが、市民階級の者は自由に使うことはできない。さらに文字ブロックを組んで印刷し、紐綴《ひもと》じ製本するとなると、それだけでかなりの費用がかかる」

この世界では活版《かっぱん》印刷のように、文字が彫《ほ》られた小さな文字ブロックを組んで文章にし、インクで刷《す》って本を作る。それに製本も基本は紐綴《ひもと》じで、のりで固めたり穴を開けたり表紙を貼《は》り付けたりと、手間がかかるそうだ。

だから、大量生産が難しい。本一冊の値段も、日本円換算で何千円単位にまで上ったりする。購入してくれる客層も限られるから、出版社も作家もガッポリ儲《もう》けることは難しいみたいだ。

「……となるとやっぱり、上位貴族にもブームを巻き起こせば道が拓《ひら》けそうね」

「あんた、正気か？　俺だって隠《かく》れながら活動している状態なのに、貴族社会に堂々と持ち込めるはずないだろう」

「分かってるわ。今のは希望を述べただけ。……でも、恋愛小説や架空《かくう》戦記の小説が世に広まると、キースも嬉しいんじゃないの？」

私の指摘《してき》にキースは無言で肯定を示した。

私は一呼吸置き、キースを真っ直ぐ見つめる。

「実はね……私もあなたたちに協力したいと思っているの」

「……あんたが？」

「ええ。知ってのとおり私は今や、王都中の鼻つまみ者。名誉回復も難しい……いえ、そもそも回復できるほどの名誉があったかすら微妙よね」

「……俺、あんたがあの腹が立つほど高慢《こうまん》ちきだったタリカ・ブラックフォードだとは、信じられないんだが」

「信じて、としか言いようがないの。……まあそれはともかく、いくら私でも年老いるまで引きこもり生活を続けるわけにはいかないわ。できることなら結婚して、お父様のお役に立ちたいけれど――現状のままではそれも難しいだろうし」

異世界に連れてこられたとはいえ、私だって結婚願望はある。

性悪で王太子殿下に棄《す》てられた不良品をもらってくれる人がいるかは怪《あや》しいけれど、社会復帰を考えるのは間違いではないはずだ。

……他人のやらかしたことの尻ぬぐいをしなければならないというのはやっぱり癪《しゃく》だが、タリカとして生きている以上、憤慨《ふんがい》したってしょうがない。

「私自身、いずれ立ち直らないといけない。……私は、あなたたちの活動のサポートをすることで自分自身が立ち直るきっかけを作れたら、とも考えているのよ」

「……小説を楽しみたい、なおかつ社会復帰も目指したいあんたにとっては、前向きになれるいい機会だってことか」

さすがジェローム殿下の学友になれるだけあり、彼は理解力がある。

相変わらず顔つきは厳しめなものの、この前のように不安に押し潰《つぶ》されそうになっているというより、私の言葉を熟考しているみたいだ。

「で、あんたはどういう形で俺をサポートするんだ？」

「私があなたにできることといったら……そうね。校正や推敲《すいこう》のお手伝いは？」

「そういうのは他人には任せない主義だ」

「あらそう。それじゃあ、出版社とのやり取りや事務作業なんかを請《う》け負《お》うわ。あ、あと、主人公と年の近い女として、恋愛描写のアドバイスをするっていうのは？　ほら、私が書いた手紙みたいに」

キースの目が僅《わず》かに揺《ゆ》れた。

……これはいけるかもしれない。

「男の子と女の子では、同じ事柄でも捉《とら》え方が違うでしょう？　今まで書いてきて悩《なや》んだことや、何か指摘《してき》されたことはないかしら？」

「やり取りの大半は理解ある我が家の侍女に任せているのだが――担当からは『男性の気持ちをよく理解している』と言われる反面、『女性らしい感性に欠けるところがある』と指摘《してき》を受ける」

「まあ、本当は男なのだから当然と言えば当然ね」

「……だが、女性作家として通している以上、女性の感性は必要だ。ジゼル――例の侍女にも意見を求めているのだが、俺の事情を知っているあんたが主人公の気持ちを代弁してくれたり見解を述べたりしてくれるのであれば……その、結構助かる」

「まあ」

思わず感嘆の声を上げると、キースの頬《ほお》がじわじわと赤くなっていった。睡眠《すいみん》不足のためか青白い顔をしていたから、これくらい赤みが増した方が健康的に見える。

「……その、それに……この前あんたが送ってきた手紙――あれもかなり参考になった。ジゼルにも見せたんだが、彼女も驚《おどろ》きっぱなしだった。こうして話をしていると、あんたと協力するのも悪くない、と思えてきた。でも……」

キースは途中で言葉を止めて、うろんな目でこちらを睨む。

「な、なによ？」

「やっぱりなんの見返りも無しに、あんたがこんなことを引き受けるとは思えない」

「そこまで言うのなら、こちらからもお願いしたいことがあるわ」

「ん？　今後あんたが復帰しやすいように、皆を説得するとかか？」

……本当に、この人はあなどれない。

タリカより一つ下の学年だから――十七歳？　高校生の年齢でこんなに切れるなんて、将来が恐ろしい。

「……ええ、まあそんなところ。ジェローム殿下たちを説得してくれとまでは言えないけれど、私が見聞を広めるために努力しているということを、それとなく伝えてくれれば」

「……本当にあんたらしくないな。前はもっと貪欲にあれこれ求めていたじゃないか。……殿下に婚約破棄《はき》されたのが、そんなにショックだったのか？」

前半は呆れたように、後半は気遣うように言われた。なんだかんだ言ってキースも、婚約破棄《はき》されたタリカのことを案じていたのかもしれない。

殿下との婚約破棄《はき》――それは私がタリカとして目覚めるより前の出来事で、私にとっては「そんな記憶もある」程度のことだ。

タリカはジェローム殿下の婚約者であり、いずれ王妃になることに誇《ほこ》りを持っていた。でも――彼女の体に憑依《ひょうい》した私だから分かるのだけれど、タリカはジェローム殿下に対して愛情は抱いていなかった。

ぶっちゃけ、殿下のようなマッチョ系男子はタイプじゃなかったみたい。

生まれた時から定められていた婚約者。彼に対する意識は、ただ、それだけ。

「……殿下のことは、もう終わったのよ。父は再び婚約させようと考えているようだけど、私は正直そんなつもりはない。殿下には、私よりもっと素敵な女性を見つけて結婚していただきたいわ。とにかく私は、現状を少しでも変えたい」

「……そう、か。あんた、本当に変わったんだな」

しみじみと言った後、キースは頷《うなず》いた。

「……分かった。ひとまずは互いの家族の承認も必要だろうから、この件は持ち帰ることにしよう」

確かにキースはラトクリフ侯爵の手前、勝手に自分で判断することはできないだろう。それに私も、助手兼アドバイザーとしてラトクリフ家に通う許可を父に得る必要がある。

「ええ。私もお父様に話をしなくてはならないわ」

「頼んだ。それじゃあ、また後日会おう」

キースが何気なく言った一言に、私は目を見開いた。

『――、また明日！』

『またね、明日もよろしく！』

『明日も元気で来るんだぞ、――君』

それは、私が「私」だった頃に毎日聞いていた言葉。

学生の頃の同級生だったり、アルバイト先のおばちゃんだったり、職場の同僚《どうりょう》だったり。

「またね」「明日会おうね」と、あたりまえのようにやり取りをしていた。

でも――タリカは、どうだったか。

学校で、「ごきげんよう、また明日」と言われることはあった。

でもその言葉に、「また明日もタリカに会いたい」という気持ちが込められていたことはあっただろうか。そしてタリカもまた、「明日もあなたに会いたい」という思いを誰かに伝えたことはあっただろうか。

公爵家の一人娘、タリカ。

彼女はもしかすると——ものすごく寂《さび》しくて、かわいそうな子だったのかもしれない。

そしてかつての「私」は——ひょっとすると、タリカがうらやむほど恵まれた人間だったのかもしれない。ふと、そう思った。


その日、私は帰宅したお父様に作家支援の件を伝えた。

お父様は、「作家の支援」という点で既に嫌な予感がしていたらしく顔をしかめ、私がキャサリン先生の名を挙げると、やっぱりそうか、と言いたそうに嘆息《たんそく》した。

「……いったいどうしたのだ、タリカ。庶民の読み物にこれほどまで傾倒《けいとう》するなんて、おまえらしくもない」

「確かに自分でも驚《おどろ》きです」

私は紅茶のカップを置き、苦笑を返した。

なんといっても、タリカが階級絶対主義者になったのはこの父の影響が大きい。彼は、代々続く有力貴族の当主であることを、誇《ほこ》りに思っているのだ。

「わたくしは考えたのです。ジェローム殿下との婚約破棄《はき》も、やけになって人の道に外《はず》れた行《おこな》いをしてしまったことも全て——わたくしの責任であると」

目覚めて初めて私が「禁忌《きんき》の呪術に手を出した」ことを口にしたため、案の定お父様は渋《しぶ》い顔をしている。

「しかしこのまま屋敷《やしき》に籠《こ》もって一生を過ごすわけにもいかないでしょう。貴族の娘の一番の務めは、結婚と出産。こんなわたくしでももらってくださる方がいるのなら——ブラックフォード家のためにできることをしたいのです。作家支援は、わたくしが社会に復帰するための足がかりに過ぎません」

「……おまえの気持ちは分からなくもないが、社会復帰したいからといって何も庶民の作家を支援せずともよいだろう。私の伝手《つて》で、おまえを夜会に連れて行くこともできるんだぞ」

「しかし今のわたくしは汚名まみれの悪女。この状態で夜会に行っても、皆に受け入れてもらうことは難しいでしょう。ですので、まずは手の届く範囲から行動を起こしてみたいのです」

私が活動を進めるのと並行してキースが私の行《おこな》いを皆に伝えてくれたら、いずれ私が——タリカ・ブラックフォードが今まで見下していた庶民を理解し、見聞を広めようと努めていると、皆に知ってもらえるはずだ。

いきなり大きな事を起こそうとするよりも、徐々に積み上げていく方が信憑《しんぴょう》性も高まるはず。私が性根を入れ替えたと認められたら、かつて私が圧力をかけていた人たちにも理解してもらえるかもしれないし、謝ることもできるんじゃないか。

で、ついでに上級貴族にもフィクション書籍が広まれば、万々歳だ。貴族はお金に糸目を付けないから、気に入った本をじゃんじゃん買うと書店や出版社が儲《もう》かり、作家にも金が回る。そうすると書き手も増え、私は本に埋《う》もれて一生を過ごすことができる。最高じゃん。

……と、私の壮大《そうだい》なる未来予想図は内緒にしておくことにして、お父様にはいかにもな理由で説得を試みる。

きっと今お父様の頭の中では、「貴族としてのプライド」と「愛娘《まなむすめ》（笑）のお願い」が天秤《てんびん》に載《の》せられ、ぐらぐら揺《ゆ》れているんだろう。

「……しかし、公爵家の娘が作家支援なんて、世間に顔向けができん」

ああっ、天秤《てんびん》が「プライド」側に傾《かたむ》いている！

「わたくし、お父様たちには決してご迷惑《めいわく》をおかけしないと誓《ちか》います。そしていずれ、ブラックフォード家の名誉になるような働きができれば……とも思っているのです」

くいっ、と天秤《てんびん》が「愛娘《まなむすめ》（笑）」側に傾《かたむ》く。

「いや、それならばやぶさかではないが――ううむ、私はおまえが心配なのだよ、タリカ」

「お父様……こんな不肖《ふしょう》な娘を気遣ってくださり、ありがとうございます。大好きです、お父様」

あっ、天秤《てんびん》が凄《すさ》まじい音を立てて「愛娘《まなむすめ》（笑）」側に沈《しず》んだ。

＊　＊　＊

『――ねえ、それでいいと思っているの？

あなただけ、――つもりなの？』

お父様のゴーサインをもらった私は、さっそくキースに手紙を書いた。

朝に公爵家の使用人に預けたところ、同日の夕方にキースからの手紙が届いた。あまりの速さに驚《おどろ》いたが、どうやら朝の手紙への返事じゃなくて、入れ違いになったみたいだ。

キースからの手紙によると、彼は家族に「ブラックフォード公爵令嬢がキャサリン・スノーに興味を持っている。執筆《しっぴつ》活動を応援したいとのことだから、代役の侍女を立てて支援を受けたい」と説明し、なんとか許可をもらったそうだ。

彼が女装作家であることがバレてはならないという前提なので、私は代役——サイン会で助手を務めていたジゼルという侍女をキャサリンだと思い込んでいる、という設定になったのだ。

……許可をもらっておきながら、本当にいいのだろうか……と思ってしまう。

そうして私は数日後、マリィを連れてラトクリフ家にお邪魔《じゃま》した。

ラトクリフ家といっても、私がキースにお招《まね》きされたのは本邸《ほんてい》ではなく、彼がアトリエとして利用している離れだった。

「悪いが、堂々とあんたを招《まね》くと周りの者に誤解されかねないからな」

「でもキースはわりと堂々とうちを訪問したじゃないの」

出迎えてくれたキースにそう指摘《してき》すると、彼はひょいっと肩をすくめた。

「……俺の方は、『タリカ・ブラックフォードの様子を見に行った』とでも言い訳ができる。実際、あんたが自己改善に向けて努力しているってことは既にジェローム殿下にも伝えている」

「あら……そうだったのね。殿下はなんと？」

「息災《そくさい》ならばそれでいい、って感じだった。あんたと婚約破棄《はき》したことを後悔《こうかい》はしていないようだが、それでもあんたがいつまでも引きこもっていたら、殿下も気に病《や》まれるだろうからな」

キースの言葉は、私の胸をちくっと刺してきた。

ジェローム殿下からは恨《うら》まれても憎《にく》まれても仕方ないくらいなのに、殿下はタリカのことを案じてくださっている。

……本当に、見る目がないのね、タリカって。

いつもの「商家のお嬢さん」スタイルの私は、キースと侍女ジゼルの案内でアトリエに向かった。

サイン会の時にも会ったジゼルはてっきり黒髪だと思っていたが、日光の下で見ると鮮《あざ》やかな深緑色の髪だということが分かった。

私のニンジン並みにきついオレンジ色の髪にしてもそうだけど、地球ではあり得なかったカラフルな地毛も、この世界ではあたりまえみたいだ。

アトリエは、本邸《ほんてい》と同じ敷地《しきち》にある小さな平屋の建物だった。平たいピラミッド形の屋根はポップな赤色で、積み木で作ったかのような可愛らしい印象だ。

部屋の壁は本の詰《つ》まった棚《たな》で埋《う》め尽《つ》くされていた。……さすが侯爵家のお坊ちゃん、高価な本を惜《お》しみなく買っているようだな。

頑丈《がんじょう》そうな木製のデスクには、書きかけの原稿《げんこう》や資料が積み重なっている。

も、もしやあれは、キャサリン・スノーの生原稿《げんこう》？

他に、簡易厨房《ちゅうぼう》と寝室、トイレと風呂場があった。締《し》め切りが近い日とか本邸《ほんてい》に客が来ていて戻れない時は、ここで寝泊まりすることもあるんだとさ。

「へえ……落ち着いて活動ができそうな場所ね」

「ああ。ここなら客人の目に留まりにくいし、一階構造だから資料の持ち運びがしやすい」

「普段は、ジゼルがやり取りをしてくれているのだっけ？」

アトリエ見学を終えて広間のソファでくつろいでいる時に尋ねてみると、お茶の支度をしてくれていたジゼルが会釈《えしゃく》した。

最初は「ジゼルさん」と呼んでいたけれど、彼女が「わたくしのことは、ジゼルとお呼びくださ い」と言ったので、そのようにしている。

「ジゼルはラトクリフ家の侍女だが、俺の執筆《しっぴつ》活動にも積極的に手を貸してくれている。出版社とのやり取り全般はもちろん、俺が学校に行っている間の作業も任せている」

聞くと、出版社側もキャサリン・スノーのことを人嫌いなラトクリフ家の侍女であることしか知らないという。本名や年齢なども明かしていないらしい。

キースがそう言うと、ジゼルは誇《ほこ》らしげに微笑んだ。

「わたくしもタリカ様と同じく、キース様の小説のファンなのです。最初こそ、侯爵家のご子息が恋愛小説を執筆《しっぴつ》すると聞いて驚《おどろ》きましたが――わたくしは、これこそがキース様の能力を一番に発揮できる道だと思いました」

「ジゼルは父上たちを説得する際にも力を貸してくれた。あんたも、何かあればジゼルに尋ねてくれ。俺よりずっと事務作業が得意だからな」

「もったいないお言葉です、キース様」

ジゼルは深々と頭を下げた。クールな美貌《びぼう》のジゼルだけど、キースに褒《ほ》められた時はすごく嬉しそうな顔になる。それにキースも、ジゼルについて話す時の表情が柔《やわ》らかい。

お互い、信頼し合っているんだな。

「……それじゃ、あんたに頼みたいことだが」

そう言ってキースは立ち上がり、デスクに広がっていた原稿《げんこう》をがさっとかき集めて持ってきた。

ああ、キャサリン先生の玉稿《ぎょっこう》……！

「そ、それは『夕日の丘のミリー』の続刊――!?」

「いや、これは違うんだ。別の出版社から依頼されたもので、月刊誌に掲載《けいさい》する予定の新作短編だ」

ほら、とキースはテーブル越しに原稿《げんこう》を差し出した。

えっ……触っていいの？

「わ、私、手を洗って――」

「そこまでしなくていい。内容をよそにばらされたり紙を破られたりしたら困るけれど、触って読むくらいならいいから。まあ見ろ」

「了解です、先生」

原稿《げんこう》を受け取る。向かいの席でキースが「……あんたに先生って言われるのはなんか恥ずかしいな」と視線を逸《そ》らして言う傍《かたわ》らで、私は目を皿のようにして原稿《げんこう》を見つめた。

……ああ、だめだ。手汗が――

「お嬢様、ハンカチです」

「ありがとうマリィ」

マリィが差し出してくれたハンカチで手汗を拭《ぬぐ》い、深呼吸して一行目を読む。

……どうやらこの短編は、とある国の辺境で幼なじみとして共に育った男女の物語みたいだ。

将来結婚しようと約束した二人だが、ある時、ヒロインが自国のお姫様であることが判明する。

迎えに来た騎士《きし》たちによって馬車に乗せられるヒロイン。取り押さえられながら恋人の名を叫ぶヒーロー。

馬車の窓から手を伸ばすヒロインだけど、無情にも馬車は動き出し、愛し合った二人の距離はどんどん離れていく――

というところで、今のところ原稿《げんこう》は終わっていた。

「あっふ……」

「ど、どうした？」

私が口元を覆《おお》ってのけ反ったからか、キースが慌《あわ》てて身を起こした。

……だめだ。

これは――

「……超萌《も》えるウーーーーーーっ！」

「……は？」

「この、読んだだけで情景が思い浮かぶ、臨場感溢《あふ》れる描写！　普段は穏《おだ》やかなのにヒロインのた

めならなんだってするという情熱に溢《あふ》れ、言動の端々《はしばし》からヤンデレの陰《かげ》が見え隠《かく》れするヒーロー！　私を萌《も》え殺す気なの⁉　そうなの⁉」

原稿《げんこう》をテーブルに置いて吠《ほ》える私を、キースとジゼルが珍獣でも見るように凝視《ぎょうし》している。ただの不審者だってのは分かってるけど、この感情を抑《おさ》え込むなんて無理！

「……俺、こいつの言ってることがよく分からないんだが」

「わたくしもです、キース様。特に、後半が」

「僭越《せんえつ》ながらわたくしが説明しますと——お嬢様はキース様の文章に大変感銘《かんめい》を受け、とりわけヒーローの設定に胸のときめきを抑《おさ》えることができない状態でいらっしゃるのです」

マリィが冷静に通訳してくれた。ありがとうございます先輩！

しばらくすると、私の体は落ち着きを取り戻した。

ふうっと息をついて座り直した私を、キースはなんとなく冷たい眼差しで見ている。

「……あんた、そういう性格だったのか。……まあとにかく、あんたには原稿《げんこう》を読み、感想を述べてもらいたい。さっき言っていたチョウモエールとかじゃなくて、俺でも理解できるような言語で頼む」

「もちろんよ」

私はきりっとして答えた。

さっきははしたない姿を見せてしまったけれど、これも支援活動の一環《いっかん》だ。ただ萌《も》える萌《も》える言うんじゃなくて、キースの文章をよりよくするための手助けをしないといけない。

お茶で一息ついてまず、キースの予定を聞いて今後私がいつアトリエにお邪魔《じゃま》するかなどの計画を立てることになった。

「基本的に俺は夕方まで学校に行っている。日によってクラブ活動に出たり殿下に呼ばれて城に行ったりするが、あんたは気にせず予定の日時にアトリエに来てくれればいい。俺がいなくても、ジゼルがいるからな」

私用の予定表を差し出し、キースは言う。

「原稿《げんこう》を汚《よご》したり失くしたり、内容を他人にばらしたりしないのなら、少々のことは構わない。俺があんたに求めるのは、いち読者としての見解だ」

キースはさっき私に見せた原稿《げんこう》をテーブルに広げ、文章を指でなぞりながら説明する。

「恋愛小説の購入者はほぼ女性だ。となると、女性の感性に訴《うった》えかけられるような文章を書かなくてはならない。俺もまあ、そこそこのものを書く自信はある。だが同じシーンを読んでも、読む人間によって違う捉《とら》え方をされることが多い。たとえば――」

彼は原稿《げんこう》を捲《めく》り、細くて骨張った指であるシーンを示す。

「ここ、ヒロインの出自《しゅつじ》が判明したシーン。迎えの者によって引き離される前のやり取りで、ヒーローは『なぜもっと早く言ってくれなかったんだ』とヒロインに問いかけているだろう」

「ええ」

ヒロインは自分の出自《しゅつじ》を知ったけれど、恋人に相談できないまま数日をいたずらに過ごしてしまった。そうして迎えの者が到着したタイミングでヒーローに告白するのだ。

「これを最初にジゼルに見せたところ、『そこはヒロインの行動を詰《なじ》るべきではないでしょう』と言われたんだ。……だよな、ジゼル」

振り返ったキースに問われ、マリィと並んで壁際《かべぎわ》に控《ひか》えていたジゼルはこっくり頷《うなず》いた。

「はい。わたくしとしてはむしろ、悩《なや》んだ末に己《おのれ》の出自《しゅつじ》を明かしたヒロインの行動を褒《ほ》めて差し上げるべきなのではないか、と思うのです」

「なるほど……」

私はキースの許可を取って原稿《げんこう》を手にし、うーんと唸《うな》った。

確かにヒロインの立場になれば、「どのようにして打ち明けようか悩《なや》んだ末に告白したのだから、もっと寛大《かんだい》に受け止めてほしい」となるだろう。

でもヒーローの立場になれば、「もっと早く相談してくれれば、一緒に解決策を講《こう》じられたのに」となる。

「……この逼迫《ひっぱく》した状況でヒロインの立場になれば、自分を責められるよりは、どっしりと構えて受け止めてもらった方が嬉しいでしょうね。でも、私は必ず台詞《せりふ》を変更しなければならないとは思わないわ」

「あんたは元の原稿《げんこう》のままでもいいと思うのか」

「ええ。これはむしろ、ヒーローの性格にもよるのではないかしら。これは短編小説だからヒーローの性格を詳細に記《しる》すことは難しいけれど、彼が真面目で現実的な性格をしているとなると、原《げん》稿《こう》の発言も納得《なっとく》できるわ。でもヒーロー像がちょっと変わるなら、『よく言ってくれた』ってなった方が自然だと思う」

「……どちらかというとこのヒーローは、理論派だ」

「そんな感じはしていたわ。『ヒーローがこの発言をしたのには理由がある』ということが分かれば、読者も納得《なっとく》できるのではないかしら」

私の言葉を受け、キースはしばし眉間に皺《しわ》を刻《きざ》んで原稿《げんこう》を見つめていた。

……私の発言を彼はどのように捉《とら》えたのだろうか、と内心ヒヤヒヤしながら待つことしばらく。

「……そうだな。ジゼルのような見解を持つ読者も出てくるだろうし、ヒーローの人物像をもう少し練《ね》り直してみよう」

「それがいいと思うわ。……あの、キース。私、あれこれ言ってしまったけれど――大丈夫だった？」

一般読者の分際《ぶんざい》で偉《えら》そうな口を利いたことが、今になっていたたまれなくなっておずおず問う。

すると、顔を上げたキースは琥珀《こはく》色の目を瞬《しばた》かせた。

「大丈夫も何も、思ったことを述べるようあんたに言ったのは、他でもない俺だ。ただ黙《だま》って原稿《げんこう》を読んで『よかったです』と言われるよりずっといい」

そしてキースは私から受け取った原稿《げんこう》を順番に並べ直し、満足そうに頷《うなず》いた。

「……やっぱりこうでなくちゃな。俺とジゼルだけより、一人でも多くの味方がいる方がありがたい。あんたの見解、気に入った」

「……あ、ありがとう」

どうやら、少しはお役に立てたようだ。

「協力します」と言っておきながら役に立たなかったら、ただのお荷物になってしまう。

私も誰かの役に立てそうだ。そう思うと、少しだけ胸が温かくなる。

「あの、これからもキャサリン先生のために頑張るから……ちょっとくらいは、頼ってくれたら嬉しいわ」

「……そうだな。あんたの働きに期待するよ」

そう言ってキースは微笑む。

……キースと知り合って、早七年。

彼が私に笑顔を向けるのは、これが初めてだった。

＊　＊　＊

キースのアトリエにお邪魔《じゃま》した数日後。

私、タリカ・ブラックフォードはベッドの上の書物を前に、正座していた。

すーはー、すーはー、と何度も深呼吸し、少し離れたところからその表紙を見つめる。

今、私の前方で待機《たいき》している小説のタイトルは――

「オトナの甘々ストーリー集……」

タイトルを読み上げるだけで体温がぐっと上昇し、体中から汗が噴《ふ》き出てきた。

最近、読書仲間になることのできた侍女の一人から、「お嬢様くらいの年頃の女性の情操《じょうそう》教育にもいいのですよ」とこの本を借りたのは、昨日の晩のこと。

それは楽しみだわ、と淑《しと》やかに微笑んで自室に戻った私は本を包んでいた布を外《はず》し——現れたタイトルを目にして、即刻回れ右してしまった。

だってこのタイトルはいかにも官能っぽいし、タイトルのフォントもかなり色っぽいし！

見た目は数多《あまた》の男を手玉に取った元悪女、中身はビールと裂《さ》けるチーズを愛するOL、その名はタリカ・ブラックフォード。

前世でほぼ恋愛経験のない私には、ちょっと早いんじゃないだろうか？

このご本の作者は、ロイ・スミス先生。

れっきとした男性で、オトナな恋愛を描《えが》くのが得意。ちなみに彼も男性だけど、マリィ曰《いわ》く、平民だったら別に男性が恋愛小説を書いてもおかしくないのだとか。

ロイ・スミス先生もキース——キャサリン・スノーとほぼ同時期にデビューした新人で、キャサリン先生が甘酸《あまず》っぱい身分差の恋愛を得意とするのに対し、ロイ先生は「ちょっと子どもには早い」男女の恋愛小説が売りらしい。

キャサリン先生が少女小説なら、ロイ先生はティーンズラブってところかな。

……で、私はその「ちょっと子どもには早い」小説と対峙《たいじ》しているのだった。

正直、読むのにはかなりの努力を要するだろう。

私がかつて読んでいたのは少女小説やファンタジー小説が主流で、オトナな小説は気恥ずかしさが勝ってなかなか手を出せなかったのだ。

それに、ほら、そういった小説って表紙も結構きわどいし？　まさにそのシーンですね！　って感じのイラストが裏表紙にあったりするし？

……でも、足踏《あしぶ》みしていたってしょうがない。

なんて言ったって私は今、キャサリン先生の支援者なんだ。

彼女――いや、彼の原稿《げんこう》を読み、いち読者としての見解を述べる。感受性を高め、客観的な見解を養《やしな》うためにも、キャサリン先生以外の著者の本も積極的に読む必要があるだろう。

うん、決していやらしい気持ちがあるわけじゃない！　たぶん!!

――ごくっと唾《つば》を呑《の》み込む。

……よし、読もう。

決心し、ベッドの枕元に鎮座《ちんざ》する「オトナの甘々ストーリー集」へと手を伸ばし――

「……お嬢様」

「ひげっ!?」

ノックとほぼ同時に、マリィの声がした。

間違いなく、今の私は驚《おどろ》きのあまり飛んだ。跳《と》んだじゃなくて飛んだ。

「ま、ま、マリィ!?　な、何か用!?」

「旦那様がお呼びです」

反射的にストーリー集を枕の下に押し込んだ私は、マリィの言葉に目を見開いたのだった。

「作家の支援活動はどうだ、タリカ」

仕事を終え、夕食後のお茶を楽しんでいたお父様は、穏《おだ》やかな眼差しだった。

マリィが淹《い》れたお茶を飲んだ私はお父様の顔色を窺《うかが》いつつ、頷《うなず》く。

「先日は原稿《げんこう》も読ませてもらいました。キャサリン女史からは、いち読者としての意見を聞きたいと言われております」

「ふむ……おまえが満足しているのなら、それでいいのだよ」

お父様の口調は柔《やわ》らかい。私が支援活動を始めたということに関して、当初ほど悪い印象は抱いてないようだ。

……もしかしてそれは――

「実は今日出仕《しゅっし》した際、城内でおまえの噂《うわさ》を聞いたのだよ」

お父様は凪《な》いだ眼差しのまま続けた。

「タリカ・ブラックフォードは、少しずつ己《おのれ》の行《おこな》いを改め、自分にできることを探しているそうだ――とな。……キャサリン・スノーというのはラトクリフ侯爵家の使用人だったか。さては、おまえがキャサリン・スノーの活動を支援している姿をラトクリフ家の者が見て、よい形で噂《うわさ》を広めてくれたのかもしれんな」

おそらくお父様の指摘《してき》どおり、キースが私の噂《うわさ》を広めてくれたのだろう。

お父様は、平民作家の支援を手放しで褒《ほ》めることはできない。しかし結果として、娘の評判が少しでもよくなった。

部屋に入った時からお父様の機嫌がよさそうだなーと思っていたけれど、これが理由だったんだね。

お父様は満足そうに頷《うなず》き、マリィに茶のお代わりを命じた。

「いずれ、おまえも社交界に復帰できたらと思っている。どうだ、タリカ？」

「そう、ですね……」

やっぱりお父様は、私に社交界へ復帰してほしいんだな。まあ、永年引きこもりになるくらいなら、社交界に出ていい婿《むこ》を釣《つ》り上げる方が手っ取り早いし、お父様を安心させられる。

……なんにしても、この世界で生きているからには、前を向いていたいな。

私は一人、心の中でそう思うのだった。

＊　＊　＊

国立学校が終わるのは、夕方。でもキースは放課後のクラブ活動にも参加しているので、日によって帰宅時間が微妙に異なる。

ちなみにどんなクラブかというと、ラクロスのような球技だ。ジェローム殿下が同じクラブに所属していたから、タリカは何回か見学しに行ったことがあった。

そういうわけで、本日私が約束の時間にお邪魔《じゃま》した時、アトリエには手紙整理をしているジゼルしかいなかった。

「お邪魔《じゃま》します。……キースは学校かしら？」

「ようこそいらっしゃいました、タリカ様。キース様は本日、クラブの試合に向けての強化練習会に参加されていますので、少しだけ帰宅が遅れるとのことでした」

「そう……」

「どうぞお入りください。キース様がお戻りになるまで、おくつろぎくださいませ」

そう言ってジゼルは私とマリィの分のお茶の準備を始めた。

マリィは最初はお断りしていたけれど、「キース様のご命令ですので」と押し切られてしまい、今では遠慮《えんりょ》しつつ一緒にお茶を飲むようになっていた。

キースが戻ってくるまで特にすることはないそうなので、ジゼルが手紙整理をしている傍《かたわ》らで、私は鞄《かばん》から本を取り出した。

布製のブックカバーを付けているので周りからは分からないだろうが、実はこれ、ロイ・スミス先生作「オトナの甘々ストーリー集」である！

昨夜お父様との話を終えた私は、意を決して読み進めたのだけど——かなり濃厚な恋愛描写に終始ドキドキしっぱなしだった。

こんなにねっとりこってりなR18小説を読んでしまっていいのだろうか、と何度も自問自答したくらいだ。

そして私がストーリー集を読み終える頃に、クラブ活動を終えたらしきキースがアトリエにやって来た。

「よう、今日も来てくれたんだな」

「ええ。ごきげんよう――いえ、おかえりなさい？　お邪魔《じゃま》します？」

「なんでもいい」

私服姿のキースは素《そ》っ気《け》なく言い、作業用の椅子《いす》にどっかりと腰掛けた。クラブの強化練習があったからか、キースは傍目《はため》から見てもお疲れモードだ。

手紙整理を止めたジゼルが立ち上がり、ワゴンに手をかける。

「お疲れ様です、キース様。すぐにお茶をお淹《い》れしますね」

「できたら冷茶で頼む。……今日は徹底的《てっていてき》にしごかれたんだ」

「かしこまりました」

ジゼルがお茶の準備をし、マリィが物言わぬ彫像となって壁際《かべぎわ》に控《ひか》える中、部屋にキースの深い深いため息が響く。両手両足をだらりと伸ばし、椅子《いす》の背もたれに後頭部を預けて天井を仰《あお》ぐ姿からして、なかなかお疲れのようだ。

「……そんなにきつい練習だったの？」

本を鞄《かばん》に戻して尋ねてみると、顔をこちらに向けたキースはゆっくり頷《うなず》いた。

「……夏に、国王陛下の御前で行《おこな》う公式試合があるんだ。相手は騎士《きし》団だから、まあ間違いなくぼこぼこにやられるな」

「そういえば、騎士《きし》たちも体力作りの一環《いっかん》としてスポーツをしているのよね」

私はあまり詳しくないけれど、騎士《きし》団にも学校のクラブ活動のような遊技グループがあるらしい。

といってもお遊びではなくて、キースもやっているラクロスもどきの球技や馬術、戦術の知識を鍛《きた》えられるボードゲームの類《たぐい》だという。噂《うわさ》では、定期的に開かれる公式試合などで優秀な成績を収めた者には、昇格の機会が与えられるとか。

「ぼこぼこにやられるのが分かっていても、騎士《きし》相手に戦うのね？」

「……あんたは女だから無縁だろうが、御前試合で目立つ成果を挙げられたら、学校卒業後に進路を優遇《ゆうぐう》してもらえることがあるんだよ」

キースが言うには。

球技にしても馬術にしても剣術にしても、十代後半の若者が歴戦の強者である騎士《きし》たちに勝てるはずがない。頭脳戦のボードゲームだって、王城で開催される公式試合では学生の対戦相手に官《かん》僚《りょう》が出てきたりする。若いアマチュア対ガチのプロ。もちろん、アマチュアが勝てる可能性は限りなく低い。

でも、そもそも学生対大人の試合で、学生が勝つことは誰も期待していない。

観客が見るのは、学生の健闘《けんとう》っぷりだ。大人相手でも一太刀《ひとたち》浴《あ》びせるとか見事な一手を披露《ひろう》するとかすれば、「将来有望株」として注目してもらえる。

公式試合には王侯貴族はもちろん、騎士《きし》団長や大臣たちも見に来る。彼らも、優秀な人材を早めに発掘《はっくつ》して自分たちの部署に取り込みたいという目的があるんだだと。

なるほど、と私は頷《うなず》く。

「それじゃあキースは卒業後、希望の部署でもあるの？」

国立学校は日本の義務教育と違い、入学や卒業の時期が人によって大きく異なる。

入学可能な最低年齢は十歳、卒業最高年齢は二十二歳で、この十二年の間ならいつ入学しても卒業してもいい。

さらに大学のように卒業単位が決められているわけでもないので、学ぶべきことを修《おさ》めたらさっさと卒業する人もいるし、十歳から二十二歳までじっくり勉学に浸《つ》かる人もいる。

ちなみに私タリカ・ブラックフォードは十歳で入学し、十八歳にして一身上の都合で退学したのである。あはは。

「俺はラトクリフ侯爵家の次男だ。家督《かとく》を継《つ》ぐのは兄上で、兄上も俺には好きな道に進めばいいと言ってくれている。だが――いつまでもキャサリン・スノーとして活動するのは難しいかもしれない。ひとまずは、文官の方面で考えている」

そっか……長男でない貴族の男の子はたいてい、騎士《きし》や官僚《かんりょう》の道を進む。結婚すればなんとかなる女の子と違って、自分で仕事を見つけなければならないのだ。

「あなたってジェローム殿下の学友でしょう？　殿下から何か勧《すす》められてはいないの？」

「特には。卒業してからもできることなら自分の側で仕えてほしい、とは言われている。ただ……殿下には作家活動のことを伝えていない」

キースも、大切な主君に隠《かく》し事をするのは辛いんだろう。目を伏《ふ》せ、前髪をくしゃりと手で握《にぎ》り潰《つぶ》した。

「いずれ言わなければならないとは分かっている。殿下は公正な方だから、俺を罰《ばっ》したりはしないだろう。だが――告白してそれ以降、殿下の俺を見る目が変わるのではないかと思うと――踏《ふ》み切れなくてな。作家になるという道を選んだのが正しかったのか、分からなくなる」

……珍しい。キースが弱音を吐いている。

彼と天敵になって久しいけれど、こんなに弱った姿を見るのは初めてだ。

いがみ合っていた頃はクソ生意気な年下だとしか思わなかったが、大人びているキースだって十七歳の男の子。悩《なや》む時もあるよね。

お茶の支度を終えたジゼルが、二人分の茶を注《そそ》いでくれる。ハーブの香りが漂《ただよ》う冷たいお茶を飲むと、彼の少し火照《ほて》った体もいい感じに冷えたようだ。

……ここは部外者の私があれこれアドバイスするよりも、キース自身で解決策を見出した方がよさそうだ。

今はある程度心を許《ゆる》してくれているとはいえ、彼だってあまりタリカに頼りたくはないに違いない。デリケートな話題だからね。

「私では的確な助言はできないだろうけど、何か吐き出したいことがあれば聞くくらいするわ」

「……聞いてもあんたは楽しくないだろ？」

「お気になさらず。敬愛するキャサリン先生のためだもの」

そう言ってにっこりと笑ってみせると、ほんのりとキースの頬《ほお》に赤みが差した。

キースって結構赤面しやすいみたいだ。元々色白だから変化が分かりやすいし。

「……本当に、あの性悪悪女がいったい何を食べたらこんなに豹変《ひょうへん》するんだ？」

ぼそっと呟《つぶや》かれたので、特別なものは何も食べていないけれど、魂《たましい》が変わってしまったんですよー、と心の中だけで言っておいた。

そうこうしている間にキースはだいぶ調子を取り戻したようだ。彼がグラスに残っていたお茶をぐいっと呷《あお》ると、タイミングを見計らっていたらしいジゼルが銀のトレイを手に近づいてきて、一通の手紙をキースのデスクに置いた。

「失礼します。こちら、ブリアン・ウィジット女史より交流会のお誘《さそ》いです」

「何！　女史からだと⁉」

キースはそれまでの態度から一転、目を見開いて身を乗り出し、手紙を取った。

ブリアン・ウィジット――聞いたことがある。

「確か、女性植物博士だったかしら。学校にもウィジット博士の著書があったはずよ」

「そうだ。商家出身の才媛《さいえん》で、植物研究をするだけでなく関連書籍も数多く執筆《しっぴつ》している」

キースは興奮気味に答え、手紙を読んでいる。よほどテンションが上がっているのか、彼の眼球が文字を追ってすごい速度で左右しているのが分かった。

「……そうか。女史が若手の作家を招《まね》いて立食パーティーを開くそうだ」

そう言ってキースが手紙を見せてきたので、ありがたく読ませてもらう。

確かにそこには、食事をしながら作家同士で雑談でもしよう、という旨《むね》が記《しる》されていた。

「へえ……いいじゃない。参加するの？」

「そう……だな。女史はあんたも言ったように、学生向きの学術書もかなり執筆《しっぴつ》している。一度は会いたいと思っていたんだ。……ジゼル。この日、予定はどうだ？」

「夕方ですので、キース様は少々早めに学校から戻っていただければ間に合うでしょう。しかし申し訳ありませんが、わたくしはその日、奥様の付き添いでサロンに行くことになっております」

ジゼルがほんの少し眉を垂《た》らして言うと、それまで輝いていたキースの目からすっと光が失われた。

「……そうか。母上の付き添いなら、無理は言えないな。もったいないが断ろう」

「ええっ……キース、行きたいんでしょう？」

ついつい私は彼らの会話に口を挟《はさ》んでしまう。

「いいの？　手紙を読んだ時のキース、すっごくはしゃいでいたじゃない」

「はしゃいでなんか──！　……いや、はしゃいでいたな、うん」

「でしょう？　ジゼルが無理なら……そう、私が一緒に行こうか？」

話しながら思いついたんだけど、我ながら名案じゃないかな？

どうせ私はアトリエに行く用がなかったらタリカ・ヒキニートになっちゃうし、皆の前で言葉を発しない方がいいキースの代わりにお喋《しゃべ》りをすることくらいできる。

でも、キースはつんと高い鼻に皺《しわ》を寄せて、さっきより眼差しをきつくしてしまった。

「……あんた、公爵家のお姫様だろう？　そんなの、あんたの父親が許《ゆる》さないだろ」

「いいえ、丁寧に説明してお願いすればお父様は許《ゆる》してくださるわ」

「……令嬢が一般市民のフリをするなんて――」

「サイン会でもしたけど、なかなか溶け込めていたでしょ？」

小首を傾《かし》げて打ち返すと、キースは言葉に詰《つ》まったようだ。

……この反応からして、私の変装《へんそう》自体はうまくいっていたみたいね。ただ、顔見知りだったのがお互いにとって予想外だっただけで。

私を説得するための材料を探しているらしく、キースの視線が左右に泳いでいる。

そんな彼に笑顔を向けたまま、私は続けた。

「キースは、ジゼル同伴で参加するつもりだった――つまり、キャサリン・スノーの正体が侯爵家の子息だと見抜くような人物は参加しない。となれば、私の場合も条件は同じじゃない？」

実は先日キースから、ラトクリフ侯爵が、私がキースの正体に気づいていると最初から分かっていたと聞かされた。どうやら、事実を知っているのなら野放しにするより、アトリエに入れて監視《かんし》した方がいいと思ったらしい。

つまり、私もラトクリフ侯爵を気にすることなく、堂々とキースに同伴できるということだ。

「……まあ、そうだが」

「完璧に市民のフリをするわ。私、こう見えても演技派だから。それに私だって素晴らしい作家の皆様にぜひお会いしたいもの」

えっへん、と胸を張ってみせる。サイン会でも問題なくやり過ごせたのだから、自信がある。

キースも私の変装《へんそう》と振《ふ》る舞《ま》いには感じるものがあったみたいで、少し悩《なや》んだ末、マリィを呼んだ。

「……あんたのご主人様の暴走を止める方法、知らないか？」

「存じていなくもありませんが、キース様のためにも、ここはお嬢様の提案を受けられるのがよろしいかと」

おお、さすがマリィ。私やキース、ジゼルより年上なだけあり、目上の相手に対しても動じることなく自分の意見を述べている。

マリィの言葉を受けて、キースは苦いものを噛《か》んだかのように顔をしかめる。そして、自分の侍女に視線を向けた。

「……ジゼルは、どう思う？」

「……わたくしとしては、キース様がタリカ様を信頼に値《あたい》すると判断なさったのなら、それでよろしいかと」

ジゼルにもクールに告げられ、キースはため息をついた。なんだろう、この「仕方ないな」と言いたそうなため息は。私は君のことを思って提案したのだぞ。

「……ブラックフォード公爵の許可は確実に取ってくれよ。後であれこれ言われても俺が責任を負うことはできない」

「ありがとう、キース！」

なんとか折れてくれたみたいで、一安心だ。

キース――もといキャサリン先生のために何かできるなら、喜んで！

その後軽く打ち合わせをしていると、マリィが呼んだ迎えの馬車で帰る時間になった。

「会は七日後ね。完璧な『平民のお嬢さん』になれるよう、服やメイクの準備をしておくわ」

「……ああ。頼んだぞ、タリカ」

キースはほんの少し柔《やわ》らかい声で言った。

……彼が私のことを「あんた」や「タリカ・ブラックフォード」ではなく「タリカ」と初めて呼んでくれたことに気づいたのは、馬車に乗ってからだった。

＊　＊　＊

「どう、マリィ？」

鏡の前でくるりと一回転。

私が今着ているのは、袖《そで》を膨《ふく》らませたブラウスに、春仕様の薄手のカーディガン。膝下丈《ひざした》のスカートがふわりと揺《ゆ》れ、裾《すそ》のレースがタイツに包まれたふくらはぎをくすぐる。令嬢姿の時にはきつくてヒールの高い靴《くつ》を履《は》かされるのだけれど、今は歩きやすさ最優先のパンプスだ。

くるんくるんと内巻きのオレンジ色の髪は、低い位置で編《あ》み込んだお下げにしていた。顔立ちを隠《かく》すために被《かぶ》ったのは、大きなリボン飾《かざ》りが可愛いツバ広の帽子《ぼうし》。

マリィにしてもらったメイクは、城下町の女の子の間で流行《はや》っているという、濃いめのチークにアイシャドウで目元を強調させたものだ。

今日のコーディネートイメージは、プリンスエドワード島の老兄妹に引き取られた某赤毛の女の子。ニンジン色の髪の毛というところまでそっくりな徹底《てってい》っぷりである。

メイクセットを片付けていたマリィは鏡の前にいる私を見るなり、肩を落とした。

「えっ、どうしてそんな反応なの⁉」

「いえ、サイン会の時もそうでしたが、ここまでお嬢様を変身させた自分の腕前《うでまえ》に驚《おどろ》いております」

「そうよ、マリィはすごいわよ」

だってマリィは夜会用のバッチリメイクはもちろん、一般市民らしいメイクを頼んでもそつなくこなしてしまうんだから。

支度を終えた私はマリィを伴《ともな》って馬車に乗り、ラトクリフ家のアトリエに向かった。

いつものように本邸《ほんてい》の前を通らないよう裏道から入ったのだけど、途中でラトクリフ家の使用人とすれ違った。彼らは最初私を不思議そうな目で見て、そして思い出したように「ああ、キャサリン・スノーのお客様ですね」と言っていた。

今目の前にいるのがタリカ・ブラックフォードだと分からなかったみたいだ。ふふふ、上々上々！

今の私はタリカ・ブラックフォードではなく、オレンジ毛のタラなのだ！　うん、語呂《ごろ》悪いね！

アトリエの大広間では、既に着替えを済ませたキース――もといキャサリン先生が待っていた。

「よう、よく来てくれ――あんた、タリカだよな？」

「ええ、こんにちはキース」

カントリー風のドレスの裾《すそ》をつまんでちょこっとお辞儀《じぎ》をする。

ふふ、このお辞儀《じぎ》の仕方も、一般市民の女の子のやり方に従っているんだ。キースの迷惑《めいわく》にならないよう、ちゃんと予習しているんだからね！

一方のキースは図《はか》らずも、私とよく似た格好《かっこう》をしていた。ツバの大きな帽子《ぼうし》は標準装備として、足首まで隠《かく》すドレスに、長袖《そでつ》詰め襟《えり》のブラウス。

……胸がちょっとだけ膨《ふく》らんで見えるのは、詰《つ》め物を入れているからだよね？　そうだよね？

彼はメンズショートの髪を隠《かく》すため、黒の巻き毛のカツラを被《かぶ》っているのだけど――なんということだ。

私はオレンジ色のお下げで、キースは黒の巻き毛。

「……ばっちり再現されてるじゃん」

「何がだ」

「あ、いえ、こっちの話よ。とても可愛らしいわ、キース」

まさか、カナダの作家が書いた小説の話をするわけにはいかない。ごまかすために口を衝《つ》いて出たのは、私の心からの褒《ほ》め言葉だった。

帽子《ぼうし》のせいで顔はほとんど見えないものの、パステルイエローのドレスを着るキースは普通に可愛い。成長途中だからか身長も男性にしてはそれほど高くないので、私と並んだら同じ年頃の女友だちに見えるはずだ。

……そう思って褒《ほ》めたんだけど、キースは心底嫌そうな顔で私を睨《にら》み下ろした。

「……それ、男に対して言う言葉じゃないだろう」

「あれ？　でもキースとしては、完璧に女装するべきなんでしょう？」

「それはそうだが……なんだか、あんたに可愛いと言われると、他のやつに言われるよりも数倍腹が立つ」

「なんでよ」

「俺が知るか」

キースは腕《うで》を組み、ケッとやさぐれてしまった。

ああ、ああ。もう、そんな格好《かっこう》をしたらせっかくの可愛い衣装が台無《だいな》しじゃない。

「それじゃ、そろそろ行きましょう。マリィはここで留守番していてね」

振り返って呼びかけると、マリィは頷《うなず》いた。

本当はマリィも付いていきたいんだろうけれど、招待状には「同伴者は一名まで」って書かれていたのだ。マリィ以上にお父様を説得するのに時間が要ったが、これぱっかりはどうしようもない。

……お父様は、キャサリン・スノーが「ラトクリフ家の女使用人」だと思っているから、なんとか許《ゆる》してくれたんだよね。これが、女装した若い男だとバレたら……

アトリエの裏では、馬車が待っていた。普段なら馬車停めのところで待っているんだけど、私たちが周りの者に見られずに馬車に乗り込めるように、いつもより近くに来てもらっている。

「今日の私は、『恥ずかしがり屋であまり大きな声を出せないキャサリンの、同僚《どうりょう》兼助手』という立ち位置でいいのよね？」

馬車が動き出したところで確認すると、向かいの席に座っていたキースは頷《うなず》いた。

「ああ。あんたはラトクリフ家の侍女で、キャサリンの同僚《どうりょう》のタラ。裕福な商家出身で、俺より一つ年上という設定だ。俺のことは徹底《てってい》して『先生』もしくは『キャサリン女史』と呼べ」

「了解。……それにしても」

私は体を捻《ひね》り、振り返った。

馬車の後方に付いているガラス窓越しに、屋敷《やしき》の前で私たちを見送る使用人たちの姿がぼんやりと見えた。

「……ラトクリフ家の使用人もみんな、あなたの活動を応援しているのね」

「そうじゃないと、アトリエに籠《こ》もって作業なんてできない。……まあ、今回あんたと二人きりで交流会に行くとなったら渋《しぶ》い顔をしていたがな。最初のあんたの様子がかなり柔らかくなったのを見て、皆あんたの見方が変わってきたらしい」

キースは長いため息をつく。

「元々ラトクリフ家とブラックフォード家は不仲ってわけじゃない。お互いの爺《じい》さんの代には、結構交流もあったみたいだしな」

「そこを私が引っかき回したせいで、大変なことになってしまったのよね」

「……分かってるな。あんた、ただ単に人格が変わっただけじゃなくて、客観的に自分を見つめられるようになったんだな」

そう呟《つぶや》くキースの眼差しは優しい。

最初のうちは、豹変《ひょうへん》した私を訝《いぶか》しんでいたし、警戒《けいかい》していた。でも最近では、「タリカは婚約破棄《はき》をきっかけに前向きになれた」と解釈《かいしゃく》してくれるようになったみたいだ。

ふと、私は思う。

ここまでタリカが暴虐《ぼうぎゃく》の限りを尽《つ》くしたのは、なんでなんだろう。

タリカとしての記憶はあるけれど、それはあくまでも「過ぎ去った出来事」をなぞっているだけだ。「タリカはこんなことをした」「タリカはこの時に怒った」というのは覚えていても、「なぜこんなことをしたのか」「なぜ怒ったのか」については曖昧《あいまい》な点が多い。

私は過去のタリカの行動をいくつも思い出す。

……なんだろう。今、胸がぞわっとした。

「……タリカ？」

思わず身震《みぶる》いした私を気遣うように、キースが身を乗り出した。ジゼルに整えられたんだろう、優美なカーブを描《えが》く眉が垂《た》れていて、琥珀《こはく》色の目は心配そうに私を見つめている。

……その目に見つめられていると、不思議と気持ちが落ち着いてきた。

彼の少し掠《かす》れた声で名を呼ばれると――ふわっと胸が温かくなる。

「寒いのか？　それならブランケットがあるから、必要なら使えよ」

気遣うように問うてくるので、私も彼の目を見返して――

……待てよ。

「……ねえ、キース」

「なんだ？」

「今の私たちって傍目《はため》から見たら、熱心に見つめ合う少女二人よね？　このシチュエーションについて、どう思う？」

「気持ち悪いことを言うなら馬車から叩《たた》き落とすぞこの変態」

「変態じゃなくってせめて変人と呼びなさいこの美少女」

真っ赤なルージュの引かれた唇は、とんでもなく口が悪かった。

……実はうちの侍女の中に、こういったシチュエーションが大好きな人もいるんだけど――キースには内緒にしておこう。


交流会は、ブリアン・ウィジット博士が管理しているという屋敷《やしき》の一つで開かれた。

ブリアン博士は、商家出身とはいえ市民階級だ。だから屋敷《やしき》といっても、ブラックフォード家やラトクリフ家よりずっと狭《せま》い。

でも、壁から吊《つ》り下げられたドライフラワーや壁に飾《かざ》られている木の枝で編《あ》んだリースなど、植物学者らしい意匠《いしょう》を凝らした屋敷《やしき》は、居心地がよさそうでおしゃれだ。フロアにはバーカウンターまである。お酒が好きなのかな？

棚《たな》に展示された植物標本も、ラフレシアとかハエ取り草みたいなマニアックなものじゃなくて、異国で調達したという蔦《つた》植物や可愛らしい花を付けるサボテンもどき、テッポウユリのような花など、鑑賞に向いているものばかりだ。

会場に現れた主催者であるブリアン博士は中流階級の恰幅《かっぷく》のいい中年女性で、ワインレッドのドレスがよく似合っている。

まず博士は挨拶《あいさつ》をし、続いて最近の研究内容について簡単に述べた。

そうして前置きが終わると、乾杯《かんぱい》だ。

この世界の乾杯《かんぱい》は、日本の宴会のようにグラスを掲《かか》げて音頭《おんど》を取ったり、グラス同士をぶつけたりはしない。最初の飲み物は小さめのグラスに入れられているので、それを一息でぐいっと飲むのがルールなのだ。

ちなみに、グランフォード王国でお酒が飲めるのは、十八歳からだ。

十八歳の私がバーカウンターで甘めのお酒を注文する傍《かたわ》らで、十七歳のキースはむっつり顔をしてジュースを飲んでいた。

「来年には先生も飲めるようになりますよ」と言ったら、無茶苦茶不機嫌そうに睨《にら》まれた。なんでだよ……

気を取り直して、じっくりと会場を見回した。交流会には、様々な分野の作家が呼ばれているようだ。

顔を見ただけではいまいちピンとこなかったけれど、本人に名乗られたり、キースに説明されたりすると「ああ、あの方！」と分かる人ばかりだった。

交流会中、私はキースの側にくっついて行動し、誰かに声をかけられたら、彼が小声で喋《しゃべ》った内容を相手に伝えるという形で進めた。皆はキャサリン・スノーの引っ込み思案な性格をよく理解しているらしく、常に二人セットで行動する私たちに対して、必要以上に突っかかってくる人はいない。

……作品を褒《ほ》められたキースは、かなり嬉しそうだった。

中には有名な大作家も来ていて、彼に褒《ほ》められた時のキースは思わず歓声を上げそうになって、慌《あわ》てて咳《せき》でごまかしていた。

会は始終和《なご》やかな雰囲気で進み、ブリアン博士の挨拶《あいさつ》で閉会を迎えた時、私も大満足だった。

……何より、キャサリン先生――キースの嬉しそうな顔が見られたのだから、来た甲斐《かい》があったというものだな。

帰る前に手洗いに行きたいとキースが言ったので、私は手洗い場の前に立って彼を待ちながら、鞄《かばん》をぎゅっと抱きしめた。

この中には、有名な作家からもらったサイン色紙が入っている。色紙といっても名刺サイズのカードだけど、お宝だ。キースはこういうのにはさほど関心がないみたいで、ほとんどは私が譲《ゆず》り受ける予定だ。

マリィたちブラックフォード家の読書仲間にも自慢できるぞ！

「……おや、こんな暗がりに妖精が迷い込んでしまったようだね」

やけに甘ったるい男性の声がしたため、ふわふわ幸福に浸《ひた》っていた私は、姿勢を正して前を見た。

そこには、若い男性が立っていた。

細身で、すらりと背が高い。百六十五センチ程度のタリカより頭一つ分以上高いから、ひょっとしたら百九十センチくらいあるかもしれない。

額《ひたい》に撫《な》でつけた髪はピンク色がかった金色で、瞳はハシバミ色。鼻が高く、笑うと周囲に薔薇《ばら》が咲きそうな美貌《びぼう》を持つ彼は、映画に出てくる俳優みたいだ。

「タリカ」は中性的な顔立ちの美男子が大好きなので、もし今ここにいるのが「タリカ」だったら、自分の子分にするべく口説《くど》いていたかもしれない。

とはいえ、この人、誰だ？

私が警戒《けいかい》していると、彼はふふっと妖艶《ようえん》に笑った。

「君はキャサリン・スノー女史の側にいた新しい助手だね。お初にお目にかかります。僕はロイ・スミス。どうぞよろしく」

「は、はい。タラと申します。よろしくお願いします」

……ん？　ロイ先生？　それってまさか——

「……あの、先生は『大人の甘々ストーリー集』の作者でいらっしゃいますよね？」

「うん。もう読んでくれたのかな？」

「はい！　その……ヒーローの言動一つ一つに色気があって、私、読みながらずっと……ドキドキしっぱなしでした！」

この世界では「ちょっときわどい」部類に入る、「大人の甘々ストーリー集」。目の前にいる美青年は、その作者だった。

ああ、それにしても……読んでいる時は奇声を上げたり悶《もだ》えたりと、萌《も》えを炸裂《さくれつ》させていたのに、本人を前にしたらとんでもなく陳腐《ちんぷ》な言葉しか出てこない。

もっと的確な表現があるはずだろうに、私の残念なボキャブラリーよ！

でもロイ先生は私のつたない感想に気を悪くした様子もなく、ははっと快活に笑った。

あっ、背後で薔薇《ばら》の花びらが舞《ま》っている。なんてロイヤル。

「そうか。君のように可愛らしいお嬢さんに褒《ほ》められると、書いた甲斐《かい》があったというものだよ。……そうだ。君へのお近づきの証《しるし》に」

そう言うとロイ先生は斜《なな》めがけ鞄《かばん》を開け、丸めた紙の束を取り出した。

「これ、よかったら読んでくれるかな」

「……これはなんでしょうか？」

「僕が書いた小説だよ。まだ下書きだけどね」

おそるおそる手を伸ばしていた私は、頭上から降ってきた言葉にはっと顔を上げた。

あれ、いつの間にロイ先生はこんなに近くに来ていたんだろう？

直視するのが憚《はばか》られるような美貌《びぼう》が、思ったよりも近いところまで迫《せま》ってきている。

ロイ先生は顔に喜色を浮かべ、ふふっと色っぽく笑う。

「驚《おどろ》いたかい？」

「お、驚《おどろ》いたも何も、私は先生の助手でも編集者でもないので、読むことなんてできません！」

素早く手を引っ込めると、ロイ先生は小首を傾《かし》げた。

「そんなに肩肘《かたひじ》張らなくていいんだよ。下書きといっても、これは雑誌に掲載《けいさい》するものや発行予定の新作じゃなくて、気分転換に書いたものなんだ。今のところ、これをどこかに発表する予定も編集者に提案する予定もない」

「……そう、なのですか？」

「ああ。だから気にせず、素直な感想をもらいたいなぁ、って思うんだよ。原稿《げんこう》用紙にして二十枚程度の短編だから、さくっと読めるはず。持って帰って、今度意見をもらいたいんだけど……どう？」

ふーむ……つまりロイ先生は、習作として書いた短編小説の意見を私に聞きたいのね。どこかに発表する予定はないから、著作権とかネタバレとかを気にする必要はない。

……オトナな恋愛描写を持ち味とするロイ先生の作品を読めば、キースの作品に何かしら活用できるかもしれない。

それに編集の手が入っていない生原稿《なまげんこう》なんて、滅多《めった》に見られないレア物だろう。

「……そういうことでしたら、喜んで――」

そうして原稿《げんこう》を受け取ろうと、一度引っ込めた手を再び差し出した、その時。

「……タラ」

小さな声が、私の偽名《ぎめい》を呼んだ。

はっとして振り返ると、手洗い場の入り口に佇《たたず》む黒髪の美少女――の格好《かっこう》をした美少年が。

帽子《ぼうし》の縁《ふち》で隠《かく》れているけれど、全身からムンムンと不機嫌オーラが溢《あふ》れ出ているのがよく分かる。

「……何をやっているの？」

「……あ、いえ。ロイ先生とお話をしていて」

「帰ろう、タラ」

キースは言うやいなや原稿《げんこう》を受け取るために差し出していた私の手を取り、ずんずんと歩き出してしまう。

「え？　あの、ちょっ……ろ、ロイ先生！　失礼します！」

「ああ、気をつけてね、二人とも」

キースに引きずられながら慌《あわ》てて挨拶《あいさつ》すると、ロイ先生は思ったよりも明るい様子で手を振ってくれた。

……ああ、レア原稿《げんこう》が遠のいていく――

私はそのままキースに引きずられ、庭園に出た。迎えの馬車を見つけて乗り込んでからも、キースは無言で私の手を掴《つか》んでいる。

……あれっ。来た時は向かい合わせで座ったのに、今は隣に座るんだ？

「……キャサリン先生」

「……」

「……キース。手、痛い」

「え？　……あっ」

最初は無言だったキースだけど、私の訴《うった》えを聞いてぱっと手を放した。ずっと強く掴《つか》まれていたために軽く指の痕《あと》が付いてしまった私の手首を見て、彼は申し訳なさそうに頭を下げる。

「いえ、これくらいならすぐ元に戻るからいいの。……私、ロイ先生とお話ししない方がよかった？」

「……悪い、タリカ。かっとなってしまった」

ロイ先生との接触がキースのお気に召《め》さなかったのは確かだ。

彼は私の顔と手首の痕《あと》をちらちらと交互に見ていたけれど、やがて観念したように肩を落とした。

「……あんたが読んでいいのは、俺の原稿《げんこう》だけだ。他のやつの――しかもあいつの原稿《げんこう》を読むなんて、腹が立つ。だから、あんたが原稿《げんこう》を受け取ろうとしているのを見たら……いらっとした」

キースが吐き捨てた台詞《せりふ》に、なぜか――胸がきゅんっとした。

これは、よく小説に出てくる「他のやつを見るな。おまえは、俺だけ見ていろ」ってやつの派生かな？　独占欲丸出しでヒロインに迫《せま》り、自分だけを見させようとする強引系ヒーローのお約束の。

……キースが私に恋愛感情を抱いているわけじゃないからちょっと違うにしても、なかなかの殺し文句だ。この人、私の性癖《せいへき》をくすぐる天才かもしれない。

きゅんきゅんする胸元に手を宛《あ》てがい、私はこっくり頷《うなず》いた。

「……分かったわ。軽率《けいそつ》な行動をしてしまって、ごめんなさい」

「いや、俺こそみっともないところを見せてしまった」

「キースは、ロイ先生のことが嫌いなの？」

「……嫌いというより、苦手だ。ああいう軽薄な男とは気が合わない」

あー、確かにキースは硬派《こうは》な感じがするものね。そのくせ小説の中ではヒーローにとろっとろに甘い台詞《せりふ》を吐かせているけれど。

私が納得《なっとく》する傍《かたわ》らで、キースは顔をしかめてぶつぶつ呟《つぶや》いている。

「……あの見境《みさかい》なし男め。女の格好《かっこう》をしてりゃ誰でも口説《くど》くってのが腹立つ」

「……。……さては、キースも過去に口説《くど》かれたとか？」

「うっ……ああ、そうだよ！　女装しているからにはある程度覚悟しているが――それでも、もう二度とあんな経験は御免《ごめん》だ！」

取り繕うことはせず、真っ赤な顔のキースはやけになったように言った。

ああ……なるほど。過去に口説《くど》かれたから、余計に苦手意識を持つのね。

そりゃあ男に口説《くど》かれても嬉しくはないだろう。

「……それは、災難だったわね。これから私も、ロイ先生に必要以上近づかないよう気をつけるわ」

「あんたが気をつけても、あっちが寄ってくるに違いないから用心しろ。今回だって、絶対俺がいない隙《すき》にあんたに接近したんだ。せいぜい口説《くど》き落とされるなよ」

「そう簡単に口説《くど》き落とされたりはしないから、安心して」

そう言い返すと、キースは私を見てふっと微笑んだ。

その笑顔を見ていると――また、胸が温かくなった。

ロイ先生と比べて子どもっぽい笑顔だけど、吊《つ》り気味の目尻を緩《ゆる》め、薄い唇の端《はし》を持ち上げて笑う姿は――

「……私、ロイ先生よりもあなたの笑顔の方が好きかも」

「……何か言ったか？」

「いえ、なんでもないわ」

ま、キースのことだから、「あんなやつと比べるな」って怒りそうだし、聞こえていなくてよかったかもね。

＊　＊　＊

キースとタリカを乗せた馬車はラトクリフ家に戻り、タリカはアトリエで待機《たいき》していたマリィに連れられてブラックフォード家に帰っていった。

アトリエの窓からブラックフォード家の馬車を見送っていたキースは、窓辺《まどべ》に頬杖《ほおづえ》をついて難しい顔をしていた。

「キース様、お着替えをなさいますか？」

「……ああ、そうだな。それと、湯を沸《わ》かしてくれ」

キースの母のお付きの仕事を終えてアトリエにやって来たジゼルに聞かれ、キースはけだるげに頷《うなず》く。

緩慢《かんまん》な動作で窓辺《まどべ》から椅子《いす》へ移動し、可愛らしいドレスが皺《しわ》になるのも厭《いと》わずどさっと腰を下ろす。帽子《ぼうし》とカツラを外《はず》し、装飾品もぽいぽいとデスクの上に放った。

『私、ロイ先生よりもあなたの笑顔の方が好きかも』

不意に脳裏《のうり》にタリカの言葉がよみがえった、とたん――

「んぐっ……！」

ぼんっ、と音がしそうな勢いで顔が熱を発し、潰《つぶ》れた蛙《かえる》のような声を上げたキースは、ガシガシと髪を掻《か》きむしった。

「……馬鹿か、俺。あのタリカ・ブラックフォードだぞ」

落ち着け、落ち着け、と自分に言い聞かせて、目を閉ざす。

そうして頭を冷やすために、かつて自分がタリカから受けた仕打ちの数々を思い出そうとしたが――まぶたの裏に浮かぶのは、ここ最近のタリカの姿ばかり。

目を輝かせてキースの原稿《げんこう》を読み、よく分からない奇声を上げて本に没頭《ぼっとう》し、真剣な眼差しで独自の解釈《かいしゃく》をあれこれと伝えてくれるタリカ。

「社会復帰したい」「自分を見つめ直したい」と、あの赤銅《しゃくどう》色の目で見つめられると、胸がドキドキしてきて。無邪気《むじゃき》な笑顔を見ると、なぜか自分まで嬉しくなって。「あなたの笑顔の方が好き」と呟《つぶや》いた声を思い出すと、どうしても体が熱くなって――

――バンッ！

「ぐっ……！」

奥歯を噛《か》みしめたので、手元にあった分厚い資料で自分の頭を思い切り殴《なぐ》っても、無様《ぶざま》な悲鳴《ひめい》を上げることは避《さ》けられた。

顔が熱い。胸が苦しい。

「っ……なんだよ、これ……っ！」

化粧を施《ほどこ》した顔がぐしゃぐしゃになるのも構わず、キースはデスクに突っ伏《ぷ》し、ジゼルが呼びに来るまで低く唸《うな》り続けたのだった。

第3章　元悪女、人間関係に変化が起きる

『――へえ、そう。

あなた、――なのね？　毎日が充実しているのね？

それを、わたくしが――とでも思っているの？』


流行《りゅうこう》の要素を取り入れながらも、落ち着きのあるデザインのドレス。

一見シンプルだけど、見る人が見れば名高い靴《くつ》職人が手がけたと分かるハイヒール。

同世代の女子平均よりずっと豊かな胸元はドレスのレースで慎《つつ》ましく隠《かく》されていて、すんなりとしたラインを描《えが》くのど元には、ドレスと同じ濃い赤色の宝石飾《かざ》りが美しいネックレスがかけられている。

結《ゆ》い上げた髪を飾《かざ》るのは、生花と見まがう精巧《せいこう》な造りの造花。ユリによく似た花のめしべとおしべの部分には、小さな宝石がきらきら輝いていた。

鏡に映《うつ》っているのは、落ち着きと威厳《いげん》を漂《ただよ》わせるドレス姿の淑女《しゅくじょ》――そう、私だ。

「本当にこちらでよろしかったのでしょうか？」

マリィではない別の侍女が不安そうにこちらを見つめている。彼女は始終、「タリカ様がお召《め》しになるには少し地味なのでは――」と心配していたのだ。

鏡に映《うつ》る自分の姿を確認していた私は、笑顔で頷《うなず》く。

「ええ。……今日は舞踏会《ぶとうかい》に行くわけでもないのだから、これくらいがいいのよ」

「そうでしょうか……」

「ハンナ、タリカ様がよいとおっしゃっているのですから、口を慎《つつし》みなさい」

若い侍女をぴしゃっと注意したのは、マリィだ。

私がタリカの体に憑依《ひょうい》して、二ヶ月近く経《た》った。

今日、私は王城に呼ばれているのである。

国王陛下やジェローム殿下の方から、「タリカ・ブラックフォードの様子を見たい」とのお言葉があったそうで、これで名誉挽回《めいよばんかい》できるかも、とお父様もほくほくの笑顔だった。


王城に来るのも久しぶりだ。

最後に来たのは――確か、三ヶ月くらい前に行《おこな》われた式典の時だったかな。あの時は殿下の婚約者としてアピールしなければならないから、タリカはウザいくらい殿下にべったりで、嫌そうな顔をされたっけ。

近衛騎士《きし》たちに四方を囲まれて、煌《きら》びやかな王城内を歩く。

なんとなく、「護衛されている」というより、「行動を見張られている」って感じがする。騎士《きし》たちが私のちょっとした所作《しょさ》に敏感《びんかん》に反応している様子からして、気のせいじゃないだろう。

私たちは玉座《ぎょくざ》の間に通された。

王家の方々が下々の者と謁見《えっけん》する際、たいていはこの場所を使用する。

深紅《しんく》の絨毯《じゅうたん》が敷《し》かれた先の王座《ぎょくざ》に座る陛下を前にすると、えも言われぬ威圧《いあつ》感に圧倒《あっとう》される。

「よくぞ参った、ブレナン・ブラックフォード、そしてタリカ・ブラックフォード」

面を上げよ、という陛下の許《ゆる》しを受け、頭《こうべ》を垂《た》れていた私たちはそろって顔を上げた。

玉座《ぎょくざ》に座るのは、四十代後半の国王陛下。その隣には王妃様と、ジェローム殿下の姿もある。

漆黒《しっこく》の髪によく似合う黒の礼服姿の殿下は、緑色の目を細めて私を見下ろしている。

二ヶ月前に私に婚約破棄《はき》を言い渡した時、その目には怒りや侮蔑《ぶべつ》、落胆《らくたん》の色などが浮かんでいた。

それが今は、訝《いぶか》しむような眼差しで私を見つめている。

「此度《こたび》はわたくしの娘タリカに謁見《えっけん》の許可をくださり、ありがとうございます」

「陛下のご恩情《おんじょう》に、心より感謝申し上げます」

お父様と私がそれぞれ礼を述べると、陛下は右手を挙げて緊張《きんちょう》を解くよう指示した。

「……タリカ・ブラックフォードの昨今の噂《うわさ》は私も耳にしている。――こうして見ると確かに、息子ジェロームとの婚約を破棄《はき》した頃とは眼差しが全く違っているな。どれ、近くに来なさい」

「……はい」

近衛騎士《きし》に促《うなが》され、私は立ち上がった。

正直、かなり緊張《きんちょう》している。もしここですっ転んだら、恥辱《ちじょく》のあまりもう二度と王城には来られないだろう。

私は慎重に足を運び、赤い絨毯《じゅうたん》の敷《し》かれた階段を上った。

陛下の前まで進むと、騎士《きし》に待ったをかけられる。その場で膝《ひざ》を折ってしゃがんだ後、陛下は殿下と同じ色の目を細め、じっと私を見つめた。

「……不思議だな。そなたは確かに、タリカ・ブラックフォードの体を持っている。だが——」

どくっ、と胸が鳴り、手の平に嫌な汗がじわっと滲《にじ》む。

陛下の、私の心の中まで見透《す》かすような眼差しを受けて、不意に私は思い出した。

かつて、グランフォード王国をはじめとする各国に存在した呪術について。

数百年前は呪術を使いこなす者は、とりわけ貴族階級者の中に多く存在していたという。けれど呪術は便利なものもあれば危険なものもあり、ある時呪術師による大量殺戮《さつりく》事件が起きたことをきっかけに、全世界で呪術の使用が禁止された。

もちろん、諸国の中には隠《かく》れて呪術を継承《けいしょう》しているところもある。

でも、グランフォードでは歴史的資料として禁書にのみその記述を残し、呪術を教えることは禁じられてしまったのだ。そういうことでタリカは、怪《あや》しげな噂《うわさ》をたどってある商人に行き着き、かなりの大金を叩《はた》いて禁書を買い取った。

これは系図に記《しる》されていたんだけど、ブラックフォード家はかつて優秀な呪術師を輩出《はいしゅつ》していた家系だったらしい。

というか、いわゆる「フォード」の姓を持つ高位貴族のご先祖様はもれなく呪術師だった。どうやら私にも一応の素質はあったようだ。

……つまり。

ブラック「フォード」家の私が呪術の才能を持っているみたいに、グラン「フォード」王家の者にもその資質があってもおかしくない。しかも、呪具などを使わなくても、ある程度の呪術の気配を感じ取る才能を持った者も存在するとかで――

すうっと、陛下の眼差しが厳しいものになった。

「ジェロームとの婚約を破棄《はき》した後、そなたはしばらくの間床《とこ》に臥《ふ》していたそうだな。そして目覚めた時には別人のように生まれ変わっていた。……もしや、その理由をそなた自身はよく知っているのではないか？」

陛下の言葉に、周りがざわついた。

王妃様やジェローム殿下は息を呑《の》んで国王陛下を見――そして、訝《いぶか》しげな眼差しを私に向けた。

陛下はきっと、私になんらかの呪術がかかっていると気づいてらっしゃるんだろう。だから今、こうして私を睨《にら》むように見つめているのだ。

ちらっと背後に目線を向ける。階段の下で私たちの様子を見ているお父様は、驚《おどろ》くほど落ち着いていた。娘が禁断の呪術を使ったことがバレないかと恐れているわけではなく、凪《な》いだ目で私を見ている。

……もしかして、お父様は気づいているのだろうか？

その時名を呼ばれ、私はさっと目線を戻して陛下の前で俯《うつむ》いた。

タリカ・ブラックフォード、ついに年貢《ねんぐ》の納《おさ》め時のようだ。むしろよくもここまで騙《だま》し通せたものである。

私はこくっと苦い唾《つば》を呑《の》み、口を開いた――

私の説明を、皆は何も言わずに聞いていた。陛下は真顔で、王妃様は心配そうな顔で、ジェローム殿下は悲しみか不快か、どちらか分からないしかめ面で、私の話を聞く。

……今、お父様はどんな顔をしているのか。

目の前にいる娘が実質別人だと知って、どう思われているんだろう。

私が語り終えてしばらくの間、玉座《ぎょくざ》の間には嫌な静寂《せいじゃく》が満ちていた。

そのしじまを破ったのは、陛下の嘆息《たんそく》だった。

「……そういうことか。そなたの気配が怪《あや》しいとは思っていたが――今のそなたは、異世界の女性の心を持っているのだな」

「……はい。十八年間タリカ・ブラックフォードとして生きた記憶と、二十数年間異世界で暮らした女の記憶、両方を持っております」

「私もそこまで呪術に詳しいわけではないが――まさかそのような反動が起きていたとはな」

陛下の言葉に非難の色が感じられ、思わず私は身を震《ふる》わせた。

「本来ならば、何代も前に禁止された呪術を行使した者は罰則《ばっそく》の対象となる。さらに今回の場合、タリカ・ブラックフォードは王太子であるジェロームを呪殺しようとした。王族殺害を企《くわだ》てた者は死罪だが……さて、どうしたものだろうか」

そこで陛下はそれまでの重々しい口調から一転、あごに手を宛《あ》てがって、はて、と首を捻《ひね》った。

「呪術を使ったのは、タリカ・ブラックフォード。だが今この場にいるのは、タリカ・ブラックフォードの体と記憶を持っているだけの別人であろう」

「……父上は、彼女の言い分を信じるのですね」

初めてジェローム殿下が口を開いた。

息子の問いかけに、陛下はゆっくりと頷《うなず》く。

「おまえは素質があまりないから納得《なっとく》しがたいかもしれない。しかし、おまえより呪術の素質がある私から見たら、今ここにいるタリカ・ブラックフォードからは、ちぐはぐな印象を受ける」

「ちぐはぐ……ですか」

「うむ、妙《みょう》な『ずれ』と言ってもよかろう。もしかすると高位貴族の中にはそなたを見て、呪術だとは分からずとも妙《みょう》な気配を感じる者はいるかもしれん。近いうち、他国の呪術研究者を招《まね》いて検査してもらうべきだろうな」

なるほど……。陛下のように高い素質を持って生まれた人なら、私を見て「ずれ」を感じるかもしれないんだな。

「そういうわけで、今回の件だが――いったい誰を罪に問えばよいのだろうか？　今のそなたの魂《たましい》が異世界の女性のものだとすれば、そなたは加害者ではなく被害者だ。むしろ、理不尽な理由で異なる世界に連れてこられたというのに、この二ケ月間、少しでも前向きになろうと努力したことを評価せねばならんくらいだろう」

「陛下……」

「罪を負うべきなのはタリカ・ブラックフォードであり、そなたではない。その様子では、これまで誰にも相談できなかったのであろう？　辛かっただろうが――よく頑張った」

柔《やわ》らかな口調で慰《なぐさ》められた――とたん。

それまではっきり見えていた陛下の顔がぼやけて、頬《ほお》を熱い液体が濡《ぬ》らしていく。

気づいた時にはどうしようもないくらいの涙が溢《あふ》れていて、私は慌《あわ》てて拳《こぶし》で目元を拭《ぬぐ》った。

「すっ、すみません！　へ、陛下の御前で、無礼を――」

「いや、私がそなたを泣かせてしまったようだな」

陛下は困ったように言う。

そして、陛下の隣で静かに話を聞いていた王妃様が立ち上がり、私の前にしゃがんだ。

「よく頑張りましたね。知らない世界に放り込まれ、心細かったでしょう」

「おまけに憑依《ひょうい》した先はあのタリカ・ブラックフォードですからね。この二ヶ月間をあなたがどんな思いで過ごしてきたのか……想像に難《かた》くないです」

王妃様に続き、ジェローム殿下が口を開く。

私は王妃様から差し出されたハンカチでありがたく目元を拭《ぬぐ》った。

「……あ、あの。では、罰《ばつ》は――」

「そなたに極刑を言い渡せば、私は妻や息子から吊《つる》し上げられてしまうだろうな」

陛下は苦笑しながら言う。

「……罪はタリカ・ブラックフォードのものであり、そなたに科すべきではない。……異世界から参ったということはにわかには信じがたいが――過去には、呪術によって全く別の人格になった者がいるという記録もある。残念ながら、元の世界に戻るのは不可能に近いだろう。そなたはこれから、自分の目指すものに向けて努力する必要がある」

「陛下――!」

「そなたの魂《たましい》の件は、ここにいる者を除《のぞ》いて他言は厳禁とする。そなたの正体を知らぬ者にはこれまで同様、『婚約破棄《はき》をきっかけに自己改善に取り組んでいる』と伝えればよかろう。我々の方から、そなたの努力を皆に知らしめることもできるが?」

それはつまり――私が平民の女性作家を支援し、出版界の活性化を図《はか》っているということを皆に広めるってことかな?

その時、ふわっと脳裏《のうり》にキースの顔が浮かび上がった。彼なら、なんて言うだろうか――

しばし悩《なや》んだ後、私は首を横に振った。

「お言葉は大変ありがたいのですが……わたくしはあくまでも、自分のかつての趣味《しゅみ》をこちらの世界でも生かしたいと思っただけなのです。こんなに面白い小説が一部の人にしか読まれないなんてもったいない。ですので、これからもわたくしはキャサリン・スノー女史と共に、少しずつ活動を進めていきたいです。わたくしの名誉挽回《めいよばんかい》は、いずれきちんと結果を出した時になされれば、と思っています」

そりゃあ、国王陛下の鶴《つる》の一声があれば、国中の人が私への見方を変えることだろう。

でもそれがキースのためになるとは限らない。むしろ、「出版業界は栄えてほしいけれど、身バレはしたくない」という彼からすれば、危険要素が増すばかりだ。

キャサリン先生の正体がキースであることは、陛下はもちろん殿下にも秘密っぽいからね。

陛下は私の言葉にも寛容に頷《うなず》いてくださった。

「……そなたがそう言うのなら、無理強いはできん。だが、そなたは我が国の客人とも言える。何かあれば、我々に相談しなさい。……タリカ・ブラックフォードがそなたにした仕打ちの罪滅ぼしではないが、極力そなたの助けにはなろう」

「……あ、ありがとうございます！」

私はハンカチを握《にぎ》りしめ、深く頭を下げたのだった。

その後、陛下はお父様と話すことがあるらしく、私は客間に通された。

すれ違いざまにお父様と視線が合ったけれど、お父様は柔《やわ》らかな眼差しで「大丈夫だよ、タリカ」と言ってくださった。

……やっぱり、お父様はうすうす気づいていたんだろうなぁ。

私が緊張《きんちょう》で凝《こ》り固まっていた肩をほぐしながら、お茶を飲んで一服《いっぷく》していると、ドアがノックされた。訪問してきたのはなんとジェローム殿下だった。

「失礼する、タリカ・ブラックフォード」

「はい、どうぞお入りください」

ここは王城の客間であって私の自室ではないから、殿下を追い払う資格はない。

入室した殿下は大股で部屋を横切り、私の正面のソファに座った。こうしてまじまじと殿下を見ると、キースとの体格の違いがはっきり分かるな。

殿下より二つ年下のキースは、成長途中とはいえ背もそれほど高くないし女装しても乗り切れるほど体も薄いが、一方で殿下はがっしりしていた。また、キースのような中性的な美貌《びぼう》ではなく、男らしくきりりとした顔つきをしている。

……今になって、過去のタリカは殿下のことをタイプじゃないと思っておきながら、そもそも彼の顔をじっくり見ていなかったんだな、と気づいた。殿下には申し訳ないけれど、それくらいタリカの記憶の中の殿下の情報が少ないのだ。

「……色々言いたいことはあるが——ひとまず、災難だったな」

キースとは全く違う低くゆったりとした声で労《ねぎら》われ、私は苦笑した。

「お気遣いくださりありがとうございます。……こうして殿下にお会いできたこと、嬉しく思います」

「そうだな。……私も以前のタリカの挙動にはいい加減愛想を尽《つ》かしていたものだが、父上の話を聞けば——なるほど。今の君はタリカと別人であると納得《なっとく》がいく」

殿下はそう言い、侍女が淹《い》れたお茶を飲んだ。

殿下、体に比例して手が大きいな。持っているのは私と同じサイズのカップのはずなのに、やけにちっちゃく見える。

まだ陛下とお父様の話は続きそうだということで、私は殿下と雑談しつつ時間を潰《つぶ》すことにした。

「……そうか。君は元々平民で、恋愛小説などを好んで読んでいたのだな」

かつての「私」について話すと、ジェローム殿下は納得《なっとく》したように頷《うなず》いた。

「キャサリン・スノーというペンネームの、ラトクリフ家の女使用人の支援をしているということだが――君の目から見ても、この世界の架空《かくう》小説はおもしろいのか？」

「はい、もちろんです！」

殿下が話題を振ってくれたので、私は遠慮《えんりょ》なく食いついた。

日本とこっちの世界とでは、色々と概念が違う。たとえばこの世界では、ドラゴンとか妖精《ようせい》とかっていうのは想像上の動物――ではなく、「そういう概念がない」のだ。

また、地球では架空《かくう》の能力として扱われる魔法だけど、こっちの世界では数百年前まであたりまえのように呪術が存在していた。

だから小説に呪術が出てきたとしても、それはこの世界の人間にとっては全くのハイファンタジーではなく、「現実にも起こり得る架空《かくう》物語」ということで、ローファンタジーの括《くく》りに入れられるだろう。

世界が違えば小説の内容も違う。こっちの世界で読む小説は、大前提が違うのだ。でも、萌《も》えきゅんポイントはかなり近い。

だから私はキャサリン先生やロイ先生のご高著《こうちょ》を読むたびに、キュン死にしそうになるのだ。

「今はキャサリン先生の相談役みたいな立ち位置ですが、どの小説もおもしろくておもしろくて。

わたくしの萌《も》えゲージは常に上がりっぱなしなのです」

「もえげーじ」

「すみません、今のはナシで。……とっ、とにかく、このおもしろさがもっといろんな人に伝わってほしいし、出版業界が潤《うるお》うことでより多くの作家先生と本が生まれればと思っているのです」

「なるほどな。……私も、ラトクリフ家が使用人の小説執筆《しっぴつ》を許《ゆる》していると聞いて最初は驚《おどろ》いたのだが、出版業界が活性化し文化の発展にも寄与《きよ》できるのならば、私自身も幅《はば》広く知識を身に付けるべきなのではないかと考え始めている」

なんと、殿下も架空《かくう》小説に興味を!? こ、これは読書仲間拡大と恋愛小説布教のチャンスでは!?

――いや、殿下にキャサリン先生の本を読ませても困らせるだけだ。そもそもキースが恥ずかしがって許《ゆる》さないだろうし。

とはいえ、キャサリン先生の長編小説『夕日の丘のミリー』を、たくさんの人に読んでもらいたい。そして叶うことなら、一緒に萌《も》えトークをしたい。

そこで殿下はふと、思い出したように言った。

「……キースからも君の話は聞いている。案外、彼ともうまくやっていけているようだな」

「…………まあ、キース様とは、キャサリン先生と会う時にたまに姿を見かけるくらいですが、以前よりはよろしいかと」

あらかじめキースと打ち合わせしていたとおりの「設定」を述べると、ジェローム殿下は厳《いか》つい顔をほんの少し緩《ゆる》めた。

「そうだな。しかしあいつは、君のことをよく見ているみたいだ。……キースは君の正体を知らないだろうが、今の君とはうまくやっていけると思う」

「そうでしょうか……殿下もご存じのとおり、こちらが全面的に悪かったとはいえ、わたくしとキース様はひどい関係だったのですよ」

「それはそうだが、キースはそんな君を屋敷《やしき》の敷地《しきち》内に入れていることに関して、悪い印象を抱いていないようだ。それに案外彼は君のことを――」

「え？」

何？　キースが私のことを、なんだって？

思わず身を乗り出したけれど、ちょうどそのタイミングで侍女が「陛下のお話が終わりました」と告げた。殿下もこの後公務があるので、お話はここで終了だ。

ちえっ……まあ、キース本人に聞けばいいか。

どうせ、「奇声ばかり上げる胸デカ女」って思ってるとかいうオチだろうけどね。


しばらく殿下と談笑した後、陛下とのお話を終えたお父様と合流して家路に就《つ》いた。

お父様は、馬車に乗っている間、始終無言を貫《つらぬ》いていた。

私も自分から話題を提供する気になれず、ブラックフォード邸《てい》に戻る間、一切会話はなかった。

屋敷《やしき》に戻ると、マリィが出迎えてくれた。マリィは私をお風呂に入れようと思ったみたいだけど、

「もう少しタリカと話がしたい。風呂を温めたまま待っていてくれ」とお父様に言われると、すっ

と下がる。

お父様は、私を応接間に呼んだ。

侍女には茶だけ淹《い》れさせるとすぐに退室させ、執事や使用人も全員追い出してしまう。

私は唾《つば》を呑《の》む。

「……お父様」

「——私たちは、君にひどい仕打ちをしてしまったのだね」

お父様はふっと苦く笑った。

私の呼び方が、「おまえ」から「君」に変わっていることに気づく。

「……君は本来なら、異なる世界で生を謳歌《おうか》していたのだろう。だがタリカのせいで、君の人生は一変してしまった。わけも分からないままこちらの世界に連れてこられ、タリカの犯《おか》した罪の尻ぬぐいをし、それでも少しでも楽しく生きるために趣味《しゅみ》に没頭《ぼっとう》していたのだな」

「……えっと、まあ、そんなところです」

「私は、いい加減おかしいと思っていた」

お父様の声が僅《わず》かに鋭《するど》くなったので、私はびくっと身を震《ふる》わせた。

「殿下との婚約破棄《はき》にショックを受け、呪術を行使した末にタリカは昏倒《こんとう》してしまった。そして目覚めた時には、別人みたいに態度が変わっていた。私は陛下のように呪術の資質に恵まれているわけではないから、『何かおかしい』と感じている程度だったが……君のちょっとした動作や、言葉遣い、人や物を見る眼差しは、タリカのそれではなかった。……ずっとずっと疑問に思っていたことが今日、やっとはっきりしたよ」

そう言うとお父様は、それまでのピリリとした雰囲気から一転、ほうっと肩の力を抜いてソファに身を預けた。

娘の悪行が暴露《ばくろ》されたというのに。目の前にいるのは自分の愛娘《まなむすめ》の皮を被《かぶ》った別人なのに――その表情は、晴れ晴れとしていた。

娘の罪を隠《かく》している罪悪感と娘への疑惑で、お父様もずっと悩《なや》まれていたのだ。

「陛下からは当然、お叱《しか》りを受けた。私はタリカの罪――禁忌《きんき》とされている呪術を使ったことを隠《いん》蔽《ぺい》したのだから、相応の罰《ばつ》を受けることになる。だが陛下は同時に、君のことを守ってやるようにともおっしゃったのだ」

「私を……ですか？」

「ああ。二人分の記憶を持っているといっても、君の体がタリカのものである以上、私は君の父親だ。だから――君がこの世界で心おきなく過ごせるよう、仮の父親として支える。……それがタリカの父親として、君のために私がするべきことなのだ」

息を呑《の》み、お父様を見つめる。

お父様は緩《ゆる》く微笑むと、タリカと同じ赤銅《しゃくどう》色の目でこっちを見つめ返した。

「君には、一人の女性として幸せな道を歩んでほしい。……私が責任をもって、君を支援しよう」

「責任なんて、そんな――」

「いや、全ては娘可愛さに叱《しか》ることも、行《おこな》いを正すこともできなかった私の罪だ。君はこのまま作家の支援活動を続けてもよいし、田舎で心穏《こころおだ》やかに暮らしてもよい。もちろん、結婚したいのならば全力で君を送り出そう。気になる男性がいたら、遠慮《えんりょ》なく申し出るのだよ」

「えっ……でも、そんなことをしたらブラックフォード家は――」

「陛下が私に科した罰《ばつ》――その一つに、私の代でブラックフォード家を終わらせる、というものがある」

「えっ……」

思わず声を上げるけれど、お父様は穏《おだ》やかな口調のまま言葉を続けた。

「私の死後、公爵家の名は消えて、領土や財産はいったん国に預けられる。だからタリカが婿《むこ》を取ることも家を継《つ》ぐ必要もないのだ。爵位剥奪《はくだつ》、というやつだな」

「剥奪《はくだつ》ですか⁉」

「元々、タリカとジェローム殿下の結婚を機に、ブラックフォード家は公爵家から王家の外戚《がいせき》となり、大公位を授《さず》かる予定だった。だが婚約破棄《はき》でその予定も潰《つい》え、今回の処罰《しょばつ》によりブラックフォード家は私の代で終わることとなった。……少々形は変わってしまったが、元々ブラックフォード家は消えるはずだったのだよ」

ブラックフォード家の子はタリカしかいない。

もしタリカが殿下と何事もなく結婚して王家の子を産めば、ブラックフォード家は貴族の中の最高位――大公に任命されることになっていた。

でもタリカとお父様の罪が明らかになった今、ブラックフォード家は大公位就任によってではなく、罰《ばつ》として家名を失うことになるのだ。

生粋《きっすい》の貴族であるお父様からすれば、これ以上ない恥辱《ちじょく》のはず。

それなのにお父様は穏《おだ》やかな笑顔で、私を見ていた。

「君が悲しそうな顔をする必要はない。それに陛下は、君の将来を妨《さまた》げることは一切おっしゃらなかった。もし結婚するなら嫁入りすることになるし、一般市民として生きたいのならば新たな姓を名乗ることになるだろう。家のことは私がするから、気にしなくていい」

私はぎゅっと、拳《こぶし》を固めた。

――これはきっと、陛下にできる最大の譲歩《じょうほ》だ。

タリカがしでかしたことを考えれば、爵位剥奪《はくだつ》なんて可愛いものである。お父様本人も受け入れているようだから、この決定が覆《くつがえ》されることはないだろう。

お父様はそっと手を伸ばし、ぎちぎちに固められていた私の手の甲に遠慮《えんりょ》がちに触《ふ》れてきた。

「――幸せに生きなさい。私は今日、君に全てを打ち明けてもらえてとても嬉しかったし、私自身助かったと思っている。ありがとう」

私は視線を落とす。

……私にできること。

それはきっと、一人の人間として――この世界で生きていくこと。

「……はい。私こそありがとうございます、お父様」

私は、タリカ。

タリカ・ブラックフォードだ。

「いずれ結婚させてやりたいとは思うが、相手の男は必ず私に紹介するのだぞ」

「はい」

「君の選んだ相手なら文句は言いたくないのだが……ううむ、だが複雑でもある」

「……ちなみに、もし私が今、年頃の異性と二人きりになったとしたら、お父様はどうします？」

「相手の男の首根っこを掴《つか》み、最低でも半日は話をさせてもらう」

……うん、キースのことは秘密のままの方がよさそうだな。

＊　＊　＊

王城に参り、国王陛下たちに真実を伝えた数日後。

ラトクリフ家のアトリエを訪問した私は、一番にキースに礼を言った。

「先日王城に呼ばれた際、殿下ともお話ができたわ。殿下に私のことをいい感じに伝えてくれて、本当にありがとう」

「……別に。それが約束だっただろう」

キースはぶっきらぼうに言ったけれど、まんざらでもなさそうな顔をしている。

かつてはしかめ面ばかり見ていたものの、案外表情豊かで感情の変化もはっきりしているんだよね。

「……まあ、それはいいとして。それを読み終えたら、これを出版社に持っていってくれないか」

そう言ってキースが差し出したのは、茶封筒だった。中に入っているのは厚みからして、原稿《げんこう》用紙十枚程度だろうか。

宛名には出版社名が、送り主名には「キャサリン・スノー」の名と、離れであるアトリエの住所が記《しる》されていた。本邸《ほんてい》と同じ敷地《しきち》内にあるのに、住所は別なんだね。

「あんたが来る前に仕上がった原稿《げんこう》だ。いつもならジゼルに頼むんだが、あいつが帰ってくるまで待つより少しでも早く届けたいんだ。……頼めるか？」

「もちろんよ。ちょうど、チェックも終わったところだから」

私は赤インクで感想を書き込んだ原稿《げんこう》をキースに返し、封筒を膝《ひざ》の上に乗せた。

出版者までお遣いをするのはジゼル抜きだと初めてだけど、マリィも一緒だから安心だ。

公爵家の令嬢が侯爵家の子息の頼みを受け、庶民に変装《へんそう》して出版社に行く——世の貴族が知れば、驚《おどろ》くに違いない。

ジェローム殿下ならなんておっしゃるだろうか。案外、「君はおもしろいな」って笑い飛ばしてくださるかも？

……ああ、そうだ。ジェローム殿下といえば。

「そういえば、この前殿下が気になることをおっしゃっていたわ」

マリィに外出用のコートを着せてもらいつつ言うと、赤字入りの原稿《げんこう》を捲《めく》っていたキースが顔を上げる。

「あんた、本当に殿下と和解できたんだな。……で、なんと？」

「キースは私に対して、思ったよりも悪い印象を抱いていない。それどころか、案外私のことを——ってところで言葉を切られちゃったの」

マリィに背中を向け、コートの裾《すそ》を直してもらう。

ボンネットを被《かぶ》ってあご紐《ひも》を結《むす》んでいるから、キースの姿は見えない。このボンネットは縁《ふち》が大きくて、しかもレースがひらひらしているので周りから顔が見えにくく、日焼け止め効果もありそうだから気に入っている。

「ま、どうせやかましい変態女と思っているとかってところでしょうけれど……あなた、殿下といったいなんの話をしているのよ。…………キース、聞いてる？」

ボンネットの紐《ひも》を結《むす》び終え、キースが返事をしないので顔を上げる。

デスクに頬杖《ほおづえ》をついているキースは、なぜか口を小さく開いて私を凝視《ぎょうし》していた。

さっき左手に持っていたペンがデスクに転がっていて、せっかくの原稿《げんこう》にインク染みを作ってしまっている。

「あっ、原稿《げんこう》が——」

「……けいなことを」

「え？」

「なんでもない。……ああ、そうさ。あんたの言うとおり、澄《す》ました顔をしながら口を開けばやかましい、とんだ変態女だと言ってやったとも」

「はっ⁉　ちょっ、本当にそんなことを殿下にばらしたの⁉」

いや、「私」の素性《すじょう》を知っている殿下からしたら納得《なっとく》の内容かもしれないけれど、それを学友にチクるってどうなの⁉

思わず詰《つ》め寄ってデスクにぱんっと手の平を打ちつけたけれど、キースは鼻の頭に皺《しわ》を寄せ、虫でも払うように手を振った。

「真実を伝えたまでだろうが。……ほら、さっさと届けに行ってくれ。マリィ、そのキャンキャンうるさい女の世話は頼んだ」

「かしこまりました」

「ちょっ、マリィまで！　そこは私の顔を立てて反論するべきじゃないの⁉」

いつもならさりげなく味方をしてくれるマリィが今日は素《そ》っ気《け》ない。彼女は茶封筒を私の鞄《かばん》に入れると、ぐいぐい背中を押してきた。

「それでは参りましょう、お嬢様。早くしないと出版社が閉まってしまいますよ」

「ううう……帰ったら覚えておきなさいよ！」

びしっと指を立てて宣言したけれど、キースはひんやりとした視線を送ってくるだけだった。

「こいつうるせぇな」と、琥珀《こはく》色の目が語っている。

本当に覚えていろ！

キースに失礼なことを言われて腹を立てた私だけど、ラトクリフ家の使用人用の馬車に乗るとすぐに頭は冷えた。

はしたない姿勢だと分かっているが、両足をだらんと伸ばして馬車の窓にもたれかかり、長いため息をつく。

「……私、大人げなかったわね」

「そうでしたね」

「私、これでもキースより年上なのに」

「そうですね。しかし、元々キース様が大人びてらっしゃるのですよ。時にはかっとなることもあるようですが、同じ年頃の他の子息に比べれば落ち着きがあるし、誠実な方だと思います」

「……うん、私もそう思うわ」

私は素直に同意した。

キースは誠実で真面目で、年齢のわりにずっと大人びている。しかも、悪名高い公爵令嬢を前にしても怯《ひる》むことなく、堂々と物申していた。

タリカの嫌いな要素をぶち込んで、じっくりコトコト煮詰《につ》めた末に生まれた、ある意味理想的な青年だ。

「……黙《だま》って笑っていれば、キースもモテそうなのになぁ」

あんなにとろっとろに甘い恋愛小説を書けるんだから、口説《くど》きテクは身に付いているはず。それなのにそのスキルを発揮するのは文章の中だけで、私生活ではストイックに過ごしているなんてね。

いつもなら私の呟《つぶや》きになんらかの反応を示してくれるマリィだけど、今回は何も言わない。でもあれこれ考えごとをしていた私は、そんなことに気づかなかった。

出版社は、城下町の大通りから少し西に外《はず》れた、閑静《かんせい》なエリアに建《た》っている。

「ああ、タラさんだね。いつもありがとう」

出版社一階の受付で名乗ると、担当の男性はすぐに対応してくれた。

この世界にやって来て二ヶ月。キャサリン先生の手伝いをするようになって一ヶ月半。助手歴一年のジゼルほどではないものの、私の顔もそこそこ覚えてもらえたみたいだ。

ちなみに私はいつもオレンジ色の髪を三つ編《あ》みに結《ゆ》い、ツバの広い帽子《ぼうし》やボンネットを被《かぶ》っているからか、「ニンジン髪の帽子《ぼうし》ちゃん」と呼ばれているらしい。

某プリンスエドワード島のヒロインなら怒るだろうけれど、私はさして気にならない。むしろキャサリン先生のマスコットのように好意的に見られているという証《あかし》でもあるので、結構嬉しい。

「お付きの方はロビーでお待ちください」とのことなので、マリィには私を待ちがてら休憩《きゅうけい》してもらい、私一人封筒を持って階段を上がった。

この出版社は三階構造で、一階はロビーや休憩《きゅうけい》室、客人と打ち合わせするための応接室などがある。二階と三階が編集部で、私がいつもお邪魔《じゃま》する小説部門の編集部は三階だ。

「お邪魔《じゃま》します。キャサリン・スノー先生の原稿《げんこう》を持ってきました、タラです」

廃《はい》ビルのような狭《せま》い階段をえっちらおっちらと上がって三階へ到着し、開け放たれたままのドアからひょっこりと顔を覗《のぞ》かせて挨拶《あいさつ》する。

以前、日本のドラマで編集部の様子ってのを観たことがあるけれど、当然こっちの世界には便利なパソコンや電話、コピー機なんて存在しない。

フロアの半分以上を占めているのは、文字ブロック印刷機。

この世界では出版社が原稿《げんこう》の作成や事務、印刷全てをまかなうみたい。原稿《げんこう》に従って文字ブロックを組んで版を作り、巨大なローラーのようなものでインクを塗布《とふ》して、版を紙に押しつけることで印刷する。

この世界は訛《なま》りなどはあるけれど言語は一つのみで、文字数は母音子音合わせても二十種類。大文字と小文字の区別もなく、印刷機の文字ブロックの種類は少なめで済む。

キースの担当である女性編集者は原稿《げんこう》を受け取る際、「最近、小説の内容に艶《つや》が出てきたみたいなのよね」と嬉しそうに語っていた。

艶《つや》が出てきた――と聞いて、醤油《しょうゆ》とみりんたっぷりのブリの照り焼きが頭に浮かんだ私は、非常に残念な女だと思う。

「恋愛小説にしてはちょっと薄味なところがあったのだけれど、最近、言葉選びや台詞《せりふ》回しに色っぽさが増しているように感じられてね……さては先生、彼氏でもできたのかしら？」

女性編集者の呟《つぶや》きに、私は首を捻《ひね》った。

キースに、彼氏ができる。そんなことがあれば、ブラックフォード家の数名の侍女たちが大喜びする案件になるだろう。

うちの使用人は、色々な恋愛的な嗜好《しこう》を持っているのである。

キースに彼氏がいないのは分かっているにしても、彼女も——いないはずだ。

あ、でもキースは半ニートの私と違って学校に通っているし、実はお付き合いしている子がいるかもしれない。

……なんだろう。

自分で勝手に思っておきながら、今、ちょっとだけ胸が痛かった。

ともかく、渡すものを渡したら出版社での仕事は完了だ。編集者からキース宛《あ》ての手紙を受け取ったので、これを持って帰ればミッションクリアである。

「わぶっ⁉」

担当女性に挨拶《あいさつ》をし、くるりと振り返った私は硬《かた》い板のようなものに真正面からぶつかり、間抜けな声を上げてしまった。

ドアは開けたままのはずなのに……と思って数歩下がると、目の前にあるのはドアや壁ではなく、布だった。正確には、誰かの服である。

「……え？」

「ああ、失礼。お怪我《けが》はないかな？」

服が喋《しゃべ》った。

いや、声はもっと上の方から聞こえる。

聞き覚えのある声に、私はぶつけた鼻を手で押さえつつ顔を上げる。

「久しぶりだね。キャサリン・スノー先生の助手のタラさんだったかな？」

そう言って華やかに笑うのは――

「ロイ・スミス先生……」

「覚えていてくれたんだね。嬉しいな」

魅惑《みわく》のオトナ恋愛小説家、ロイ先生はきれいな歯を見せて笑った。

ううむ、美男子は歯並びも見事だ。ちなみにキースは犬歯が少々出っ張っているから、ニッと笑うときれいな犬歯がちょっとだけ見えるんだよね。

……って、人の歯をガン見している場合じゃない。

私はさっと体を横に滑《すべ》らせ、道を空《あ》けた。

「失礼しました。ロイ先生も編集部にご用事があるのですよね」

「いや、僕はちょっと前に打ち合わせを終えたばかりだよ。この階には忘れ物を取りに来ただけ」

そう言ってロイ先生は、ポケットからペンケースを取り出して微笑んだ。

「それより……こんなところまでお疲れ様。ちょうど下に僕の家の馬車を待たせているから、ラトクリフ侯爵家まで送っていくよ？」

「お心遣い感謝します。ですが私も馬車を呼んでいますし、ロビーに付添人を待たせていますので大丈夫です」

ロイ先生の申し出をやんわりと断った。

マリィや馬車を待たせているのは本当だけど、よく知らない男の人と二人で馬車に乗るなんて、それこそお父様がお怒りになる。

「今日はこのままアトリエに戻りますので、またお時間のある時にゆっくり――」

「いいじゃないか。ちょっと、話でもしない？」

ささっと階段を下りたけど、踊《おど》り場のところで捕まってしまった。

それほど強い力ではないものの、男性の大きな手に手首を掴《つか》まれ思わず悲鳴《ひめい》を上げそうになる。

しかし、ここで叫んで編集部の人が飛んできたら後々大変なことになるかもしれない。キースやお父様たちの迷惑《めいわく》になることだけはしたくない。

色々な感情をぐっと堪《こら》えていると、ロイ先生はくすりと妖艶《ようえん》に笑った。

「僕、この前の交流会で初めて会った時から、君のことがずっと頭の中から離れなくてね」

そう言った直後、ロイ先生がぐっと顔を近づけてきたものだから、私は反射的に息を止めた。

そしてにわかに、辺りが少し明るくなる。

ボンネットを奪《うば》われ、私の顔を覆《おお》い隠《かく》すものがなくなったためだ。

いつの間にかあご紐《ひも》をほどいていたロイ先生は、外《はず》したフリフリボンネットを片手に、にっこりと甘い笑みを浮かべた。

「へえ……やっぱり君、きれいな肌をしているね。それっぽい化粧をしているつもりみたいだけど……知ってる？　本当の平民は、こんなにきれいな肌を保つことはできないんだよ」

ロイ先生の手が離れたかと思った次の瞬間、その手が私の腰に宛《あ》てがわれた。

びくっと身を震《ふる》わせた私を、ロイ先生はおもしろがるように見つめてくる。

その目に宿《やど》るのは——捕食者みたいな、獰猛《どうもう》な光。

「この感触は、布だね。年頃の女の子なら少しでも腰を細く見せようとコルセットでぎりぎりまで縛《しば》るのに、わざわざ布を巻いているなんて——くびれた体形を隠《かく》しているからだよね？」

平民の女の子に化けるためにマリィがあれこれ工夫してくれたのに、ロイ先生に全て見抜かれてしまった。

耳元でどくんどくんと血液の流れる音が、やけに大きく聞こえる。

「君は本当はこんなところにいちゃいけないんじゃないかな？　悪い子だね」

ふうっと耳元に息を吹きかけられ、私はぐっと奥歯を噛《か》みしめた。

……かつての「私」は耳が弱点だったけど、タリカの体は耳や首が弱いわけではないのが幸運だった。おかげで、こんな状況でもなんとか平静を保って考えることができる。

私は、キャサリン先生——キースの助手。そして、ブラックフォード公爵家の娘。

どちらの立場としても、尊厳《そんげん》を失うようなことがあってはならない。

私はすうっと息を吸い、ロイ先生の蠱惑《こわく》的な目を見つめ返してにっこり微笑んだ。

「……ええ、私は悪い子です。でも、親公認の悪い子なのですよ」

「……ほう？」

「私の素性《すじょう》を探《さぐ》り、弱点を見つけたいのならばどうぞお好きに。しかし私は、家族に内緒でキャサリン先生の助手をしているわけではありませんし——何より」

「うん？」

「知らない方がきっと、ロイ先生のためになると思いますよ？」

言葉と共に、私の腰に触《ふ》れているロイ先生の手をぺいっと引きはがした。

ロイ先生は息を呑《の》むと、振り払われた手をぶらぶらさせたまま、しばし私を見つめた。

これは、賭《か》けだ。

もしロイ先生がしつこ――いえいえ、粘《ねば》る人だったら、余計につけ上がらせてしまう。あれだ、「障害がある方が燃える」ってやつ。

でも、たとえ私がタリカ・ブラックフォードであるとバレてしまっても、「だから何？」だ。

私の素性《すじょう》はキースもラトクリフ侯爵も知っているし、お父様の許可だって下りている。

王城では既に私の噂《うわさ》は広まっているし、そもそも貴族の令嬢が恋愛小説を読もうと市民と交わろうと、違法ではない。

それに、真実を知ったからといって、ロイ先生に何か利益が生まれるわけでもないだろうし、最悪ブラックフォード家と敵対する可能性だってある。

ロイ先生も私の言わんとすることを察《さっ》したようで、それまで瞳に灯《とも》らせていた炎を消し、くすっと笑った。そして持ったままだったボンネットを私の頭に被《かぶ》せ、元のようにあご紐《ひも》を結《むす》んでくれる。

……私が自分で結《むす》んでいた時より、きれいなちょうちょ結《むす》びだ。手先が器用なんだろう。

「……はは、なるほど。お嬢さんは、見た目よりもたくましいようだね。……いじめてしまってごめんね。僕、君みたいな女の子を見ると構いたくなるんだよ」

「小説執筆《しっぴつ》関連での絡みはありがたいのですが、それ以外はご遠慮《えんりょ》します」

「ふふ、手厳しいね。でも、君とはこれからもキャサリン女史つながりで仲良くしたいものだね。そういうことならいいかな？」

「……そうですね」

「よかったよかった。じゃ、そういうことで」

……ロイ先生が口説《くど》くのを諦《あきら》めたと、安心したのが間違いだった。

突然、肩をぐっと引き寄せられ、お下げにしたオレンジ色の髪がさっと掻《か》き上げられる。

今日着ているカントリードレスは、胸元はスクエアカットになっていて、レースで縁取《ふちど》られている。胸の谷間が見えないよう襟《えり》ぐりは浅めにしているけれど、タートルネックではないので、髪を掻《か》き上げられたら首筋が露《あら》わになってしまう。

突然迫《せま》るロイ先生の麗《うるわ》しい美貌《びぼう》。ぎょっとして身を引こうにも肩を掴《つか》まれている上、背後は壁で逃げられない。

先生が首を傾《かし》げ、はっ、と短い吐息が鎖骨《さこつ》をくすぐった――直後。

ちりっとした傷みが首筋に走った。

「いっ……!?」

「今日はこれくらいで許《ゆる》してあげる」

じゃあね、とロイ先生は身軽な動作で私から離れ、手を振って階段を下りていってしまった。

彼の軽快な足音が遠のき、やがて完全に消えてしまってからも、私はしばらくその場から動けなかった。

……今、首がちょっと痛かったよね？　顔、近づけられたよね？

……これって、ロイ先生お得意の、アレだよね？

「……キスマーク？」

ロイ先生……なんてものを残してくれたんだっ！


平常心、平常心。

私はロビーに降りてマリィに顔を見られる前に、一階と二階の間の踊《おど》り場で立ち止まって何度も深呼吸する。

さっき手鏡で確認したところ、左の首筋になかなかくっきりとした鬱血痕《うっけつこん》ができていた。虫さされにしては大きく、どこかにぶつけるにしては不自然すぎる位置。

見る人が見ればキスマークだと分かりますよねー。なんてこった。

ええっと、こういう時、どうすれば気持ちが落ち着くんだっけ……。何か、心が穏《おだ》やかになれそうなものを頭の中に思い浮かべよう……落ち着くもの……穏《おだ》やかなもの……

……仏像？

呼吸に合わせ、私の頭の中でどんどん仏像を増やしていく。どれもこれも、中学校の修学旅行で奈良に行った際、見かけた大仏様と同じポーズをしている。

大仏が一つ、二つ、三つ……

同じものばかりだと飽《あ》きるから、赤い仏像、苔《こけ》むした仏像、手の平サイズの仏像と、バリエーション豊かにしていく。タリカ脳内店では、大小、色様々な仏像を、お客様のニーズに合わせて多数取りそろえております。

……よし、だんだん気持ちが落ち着いてきた。仏像すごい。前に行商に来た木彫り商人に今度会えたら、素敵な仏像を彫《ほ》ってもらおう。

仏像パワーで復活した私はふんっと鼻から息を吐き出し、髪をほどいた。そしてその髪を手早くロイ先生のキスマークが残っている方に寄せ、緩《ゆる》めの三つ編《あ》みにする。

これで少なくとも、首筋が皆の前にさらけ出されることは防げる。マリィには怪《あや》しまれるかもしれないけれど、「途中でほどけちゃったから」とでも言って逃れよう。

いくら不意打ちといっても、気力を振り絞《しぼ》って逃げればよかった。

ただでさえキースはロイ先生のことを快《こころよ》く思っていないみたいだし、間違ってもこれ以上関係がこじれることがあってはならない。

心の中に仏像を据《す》えて一階ロビーに降り、「おまたせ」と何食わぬ顔でマリィに声をかける。案の定髪のことを聞かれてちょっと緊張《きんちょう》したけれど、あらかじめ考えておいた言い訳を言うと納得《なっとく》してくれた。

馬車でラトクリフ家に戻る道中、マリィと雑談をして過ごした。そしてアトリエに戻る頃には、私はすっかり平常心に戻っていた。

「ただいま戻りました」

「おかえり、タリカ」

ちょうど休憩中《きゅうけい》だったらしく、デスクではなくソファで紅茶を飲んでいたキースが片手を挙げて迎えてくれた。

「原稿《げんこう》は問題なく渡せたわ。これ、担当さんから」

ボンネットを外《はず》し、鞄《かばん》から出した封筒をキースに渡す。

「担当さん、最近のあなたの原稿《げんこう》に艶《つや》が出てきているって褒《ほ》めていたわよ」

「艶《つや》？　……ああ、恋愛表現が上達した、ということだな」

「ええ。恋人でもできたのかと言われてたわ」

「…………それはない」

「あら、そう」

私たちがぽんぽんと会話をしている間に、ジゼルは厨房《ちゅうぼう》にお茶の道具を取りに行き、マリィは帰りの馬車を手配するためにブラックフォード家に連絡を取りに行った。だから、今この部屋にいるのは私とキースの二人だけだ。

……最近はマリィも、私とキースを二人だけにすることが多くなってきているな。マリィは人を見る目は結構厳しい方だけれど、キースはマリィの基準をクリアしたってことだろうか。

「今日はお父様が珍しく早く戻ってこられるみたいだから、日が暮れる前にはお暇《いとま》させてもらうわね。次に来るのは――ああ、そういえばそろそろ学校では試験が始まるのよね。キースも試験勉強をしないといけないんじゃないかしら。もし忙しいならその間、私は――」

ふと、私は口を閉ざした。

さっきから私一人が喋《しゃべ》りまくっている。キースはあまり他人の話に興味を示さないタイプだけど、それでも私が何か喋《しゃべ》っていたら「そうか」とか「俺もだ」くらいの相づちは打ってくれるのに、やけに静かだ。

ボンネットを外《はず》した拍子《ひょうし》に髪形が崩《くず》れてしまったので手櫛《てぐし》で整えていた私は、顔を上げた。

そして、キースの琥珀《こはく》色の目と視線がぶつかる。

担当さんからの手紙を読むのに没頭《ぼっとう》していて私の声が届かなかったのかな……と思いきや、彼は真っ直ぐ私を見ていた。

いや、正確には私の――

「タリカ。首、どうした？」

「首？　……あ」

何気なく首筋に手を触《ふ》れてから――思い出した。

仏像パワーで色々な雑念を吹っ飛ばしたのはいいけれど、大切なことまで忘却《ぼうきゃく》の彼方《かなた》に追放してしまっていた。私の脳みそ、残念すぎる。

私の左肩と首の中間辺り、鎖骨《さこつ》でちょっとくぼみができているところ。そこには他人に見られちゃやばいものが――ロイ先生が残したキスマークがある。

さっと髪で隠《かく》した私に対し、キースは最初こそどこで怪我《けが》したのだろう……と言いたそうな視線だった。

しかし、それがキスマークだと気づくのに、さほど時間は要《よう》しなかった。

「おまっ……！　それ、どこで付けられたんだ⁉」

椅子《いす》を蹴倒《けたお》してキースが怒鳴《どな》った。あの椅子《いす》、かなり重いはずなんだけど、それを軽々と蹴飛《けと》ばすなんてすごい脚力――いや、今はそんなところに感心している場合ではない。

よ、よし！　こういう時こそ仏像パワー！　カモン、仏の力！

「……なんのこと？　何か付いている？」

我ながら名女優だと自賛するほどのとぼけ具合で、自分の体にぺたぺた触《ふ》れてみる。でも、それくらいじゃキースの目はごまかせなかった。

彼はいっそう険《けわ》しい顔になると、大股で私に詰《つ》め寄ってきた。そして、私の肩をぐっと掴《つか》む。

「これっ……！　キスマークだろ！　あんた、出版社で何があったんだ⁉」

「ちょっ……！　落ち着いて！　声を落として！」

慌《あわ》てて彼の口を手の平で覆《おお》う。むにっという感触がした。

年頃の女が異性の口に触《ふ》れるなんてとんでもないことかもしれないけれど、マリィやジゼルが飛んできたら余計面倒《めんどう》なことになる。

私の鬼気迫《ききせま》る様子に我に返ったのか、キースは私の手を優しく取り払うと、首筋にそっと触《ふ》れてきた。

「あんた……体は大丈夫か？　……怖い思いはしていないか？」

クールダウンしたキースは心配を隠《かく》せない様子で私に問い、ささっと体中に視線を滑《すべ》らせる。

男の人に全身をじろじろ見られているというのに、嫌な気は全くしない。それは、キースが私のことを本当に心配していると分かっているからだ。

……彼に迷惑《めいわく》をかけた自分が、ふがいない。

私はいつの間にかきつく握《にぎ》っていた拳《こぶし》をゆっくりほどき、そっとキースの腕《うで》に触《ふ》れた。

「……心配させてごめんなさい。これは――その、出版社でちょっとしたアクシデントが起きて」

「男か。誰だ」

「……ろ、ロイ先生」

眼力に負けて暴露《ばくろ》したとたん、キースは端整な顔を般若《はんにゃ》のように歪《ゆが》め、唸《うな》り声を上げた。

「チッ……よりによってあいつか。他には何もされていないか⁉」

「う、うん。立ち話をしていて……私が貴族かもしれないってことに感づかれたくらいで、他にはたいしたことはされていないわ」

「たいしたことだろう⁉」

「いいえ、たとえロイ先生が私の正体に気づいたとしても、お父様の許可は取っているし、ジェローム殿下も私の活動を応援してくださってる。もし彼が私の正体を吹聴《ふいちょう》したって、何も問題ないわ。あなたの正体さえバレなかったら、何事も起きないのよ」

「……どうしてあんたは、俺のことばかり気にかけるんだ⁉　あいつは弱みを握《にぎ》ったと思って、あんたに目を付けるかもしれないんだぞ！」

「大丈夫。そういうのは慣れっこだから」

私はそう言って小さく笑い、キースの肩を叩《たた》いた。

「気遣ってくれてありがとう、キース。……その、ちょっとでも早くこれを消したいから、よかったらジゼルになんとか言い訳して、温めるものでも持ってきてもらえないかしら」

「……分かった。ジゼルに言ってくる。何か温められるものと飲み物と甘いものも準備させるから、あんたはそこにいろ。いいな、勝手に帰ったりするんじゃないぞ！」

早口で言ったキースは、すぐさま部屋を出ていった。

いつも落ち着いている彼らしくない焦《あせ》った様子で、「ジゼル！　どこだ！」と呼びながら走り回る音が聞こえてくる。

ソファに座った私が、キースの指示どおりおとなしく待っていると、まもなく彼が金属製のボウルを抱えて戻ってきた。

「ジゼルがちょうど湯を沸《わ》かしていたから、もらってきた。飲み物と菓子は今ジゼルに準備させている。まずはこれで患部《かんぶ》を温めろ」

「え、ええ。……その、持ってきてくれてありがとう」

「いいんだよ。……ほら、俺が拭《ふ》いてやるわけにはいかないから、自分でやってくれ」

「うん」

ボウルをテーブルに置いたキースにつっけんどんに言われ、私はおとなしく従うことにした。物言いは少々雑だけど、彼は自分の手でタオルをお湯に沈《しず》め、しっかり絞《しぼ》ってから渡してくれた。

……キース、優しいな。

彼のお遣いで出版社に行ったがために私がキスマークを付けられることになったから、罪悪感を抱いているんだろうか。

「……あのね。私は自分の意思で出版社に行ったんだから、あんまり気にしなくていいのよ」

左の首筋にタオルを押し当てながらそう言うと、担当からの手紙を開封していたキースが驚《おどろ》いたようにこちらを振り返った。

……え？　なんで驚《おどろ》くの？

「……は？　俺は別に、そんなことは気にしていない」

「え？　すごく焦《あせ》っていたから、てっきり私をお遣いに行かせたことを後悔《こうかい》しているのかと」

「いや、ただ……なんか、すごい嫌な気分になった」

「……何が？」

「あんたの首にキスマークが付けられているのを見たら、無茶苦茶腹が立った。しかもそれを付けたのがあのナンパ男だと思うと――ますます嫌になった」

私は目を瞬《しばたた》かせる。

キースは自分でも自分の感情がよく分かっていないのか、迷いながら言っているようだ。少し混乱しているみたいで、今自分がどんな発言をしたのか、よく分かっていないのかもしれない。

でも、今のキースの発言って――

私がこくっと唾《つば》を呑《の》み込んで呼びかけようとした直後、キースは再び口を開いた。その表情は、先ほどよりずっと落ち着いている。

「……俺は、あんたの小説への情熱をかって、ここに招《まね》いた。仕事を手伝ってもらっている以上、俺はあんたの面倒《めんどう》を見なければならない」

「面倒《めんどう》って……私、一応あなたより年上で格上よ？」

「社会的にはな。でも、あんたが名家の令嬢だろうと、思ったよりたくましかろうと――年頃の女の子だ。それを忘れるな。あんたが辛い思いをするなら、無理にここに呼びたくはない。ずっと安全な屋敷《やしき》にいて、大切に守られている方が安心できるに決まっている」

それは――確かに、そのとおりだ。

アトリエにお邪魔《じゃま》しているのもお遣いをしているのも、私が皆に無理を言って許可をもらってのこと。外に出れば当然、事件に遭遇《そうぐう》する可能性が高くなる。

お父様だって――私が本当の娘ではないと分かってもなお、屋敷《やしき》にいた方が安心できるはずだ。

私は数度深呼吸した後、しっかり頷《うなず》いた。

「……分かったわ。私だって自《みずか》ら危ない場所には飛び込みたくないし――何より、私の浅慮《せんりょ》が原因でキースやお父様、マリィたちにまで迷惑《めいわく》をかけるわけにはいかないわ。以後気をつけるし、もしまた同じようなことが起こってしまったら……ここに来るのも止めにするわ」

「ああ、それがいい」

キースははっきりと言った。

でも――その琥珀《こはく》色の目がほんの少しだけ悲しそうな、寂《さび》しそうな色を浮かべているように見えたのは、気のせいだったのだろうか。

＊　＊　＊

ロイ先生キスマーク事件により、キースは私の身の安全を念頭に置くようになった。

それでもひとまずアトリエ通いだけは続けられそうだということで、私は専《もっぱ》らアトリエで過ごすようになった。

今日も、私はキースの原稿《げんこう》を読ませてもらっている。

「……え？　私が名前を付けて、いいの？」

赤インクで原稿《げんこう》にメモをする手を止めて問うと、向かいに座っていたキースは頷《うなず》いた。

「ジゼルや他の使用人など、執筆《しっぴつ》に何かしら手を貸してくれた人には、登場人物の名前を付けてもらっているんだ。たいていは、自分の名前をちょっともじったものを付けているかな」

「そうなのね……」

ペンを置き、私は腕《うで》を組んだ。

さっきキースは、「登場人物の名前を付けてみないか」って提案してきた。

助手に過ぎない私が名前を付けるなんて恐れ多い……と思ったけど、ジゼルたちにも登場人物の名前を考えてもらっているなら、いいかも。

キースが「このキャラに名前を付けてやってくれ」と示してきたのは、ヒロインの幼なじみの少女だった。脇役《わきやく》ではあるけれど登場回数は多くて、ヒロインの恋を一生懸命応援してくれる圧倒的《あっとう》光属性キャラだ。

キース曰《いわ》く、誰かに名前を付けてもらうのは、基本的に性格のいい味方キャラなのだそう。

「ジゼルの場合は、ジェシー。あと、御者のフレッドはフィル、侍女長のメリッサはマーシーと名付けていた。タリカだったら……タラは使用済みだから、テアやテレーズみたいなのでもいいし、自分の名前とは関係のない好きな響きの名前を付けてもいい」

なるほど。どんな名前でもいいというのなら……

「――」

私が小声で「その名」を口にすると、キースは怪訝《けげん》そうな顔でこちらを見た。

「……それ、名前か？」

「そうだけど……おかしい？」

「おかしいというほどではない。あんまり聞かない響きだが――異国の名前なのか？」

彼は首を捻り、「遠い異国なら、そういう名前もあるかもしれないが……」と困惑気味に言う。

今、私が口にしたのは、私のかつての名前。

どんな名前を付けてもいいのなら、私が日本で二十数年間付き合ってきた名前がいいかな、って考えたのだけど……さすがに厳しい顔をされてしまった。

「あんたがいいっていうのなら、それでもいいけど――」

「あ、ううん、やっぱりなんでもない！　考え直すわ！」

キースが原稿《げんこう》にペンを走らせようとしていたので、慌《あわ》てて止めた。

思い入れのある名前だけど、和風の名前がいきなり出てくると小説の雰囲気を壊してしまうかもしれない。場合によっては、キャラクターの設定を大きく変えなければならなくなるだろう。

そういうわけで、結局私は「かつての名前」ではなく、「ティーナ」と、無難な名前を伝えたのだった。

キャラクターの名前を記《しる》したキースは、続いてデスクの隅《すみ》に置かれていた封筒を手に取り、中の手紙を難しい顔で読み始めた。

「……それ、担当さんからのお手紙よね。何か気になることでも書かれていたの？」

「……まあ、な。これ、見てくれ」

許可をもらったので、キースの隣に立って手紙を読んでみる。

「……えーっと。つまるところ、主人公カップルの初々《ういうい》しさをもっと細《こま》かく表現するように、というご指摘《してき》をいただいたのね」

担当さんの指摘《してき》をざくっとまとめると、キースは渋《しぶ》い顔で頷《うなず》いた。

「そうだ。しかも、前回の手紙の内容と合わせると、ヒロイン視点での感情をもっと盛り込んでほしいとのことだ」

キースは、椅子《いす》の背もたれに身を預けてため息をついた。

「あんたは分かっていると思うが、俺はこういう小説を書いておきながら、恋愛をしたことがほとんどない」

「確かに、学校のダンスパーティーでも、他の男子生徒はわりと積極的に女の子に声をかけていたけれど、あなたやジェローム殿下は壁際《かべぎわ》で待っていることが多かったわね」

「そもそも殿下が、あまり積極的に女性に声をかけるお方ではないんだ。殿下をお一人にするわけにはいかないから俺が側にいたところ――なんとなく、俺も壁際《かべぎわ》にいて殿下と話している方が楽しいと感じるようになった」

そういえば、がっちりした殿下とほっそりしたキースはそれぞれ別の魅力があって、見ているだけで眼福だ――みたいなことを、同級生の女の子が言っていたっけ。

まあそれはいいとして、今はキースのお悩《なや》みを解決しなければ。

「なるほど……それにキースは男の子だし、ヒロインの立場になって表現するとなると難しいわね」

「そういうことだ。……それで。できたらあんたに協力してもらいたい」

「あら、私でいいの？」

「もちろんだ。……まずは小説のシチュエーションを、俺たち二人で再現しようと思う。この辺を読んでくれ」

そう言ってキースが示した原稿《げんこう》は、数日前に読ませてもらった下書きの続きだった。

ヒロインは下町育ちの花屋の娘で、ヒーローは最近よく花を買いに来る謎《なぞ》の男性。キース曰《いわ》く、物語が進むにつれて男性の正体と恋の行方《ゆくえ》が判明するという。キャサリン先生お得意の、身分差恋愛だ。

「……萌《も》えるわぁ」

「うんまあ、ありがとう。……で、今回悩《なや》んでいるのは、ここ。ヒロインが花屋で休憩《きゅうけい》している時にヒーローがやってきて、ベンチに並んで腰掛けている」

恋愛初心者な二人が狭《せま》いベンチに並んで座り、手を握《にぎ》り合う。

初めて男性と手をつないだヒロインは彼のことを異性として意識し、ドキドキしてしまう……らしい。うーん……想像しただけできゅんきゅんする。

「了解よ。それじゃあ私はヒーロー役をすればいいのね」

「ちょっと待て。あんたは俺に花屋の娘役をさせるのか」

「だって、キースが悩《なや》んでいるのはヒロインの心情でしょう」

「だから、俺がヒーローになりきるからあんたがヒロインの立場になり、感想を述べればいいんじゃないか。そっちの方がリアルだし、何より俺は女の役になるつもりはない」

「女装はするのに？」

「それとこれは別だ！　いいから早くそこに座れ！」

「ロマンの欠片《かけら》もないなぁ」

文句は言いながらもキースの指示に従ってソファに座ると、原稿《げんこう》を手にしたキースも席を立ち、私の隣に腰掛けた。

座って気づいたけど、かなり距離……近いな。

「……ねえ、近くない？」

「俺の設定では、花屋の休憩《きゅうけい》室にあるベンチの幅《はば》はこのソファの約半分しかない。だとしたらこれくらいくっ付いても仕方ないだろう。我慢しろ」

「わ、分かってるけど」

「……あ。その……もしかして、本当に嫌か？」

それまでは偉《えら》そうに言っていたキースが、私を見るなり慌《あわ》てて距離を取った。

どうしてそんな急に――ああ、そっか。私が前にロイ先生に迫《せま》られたことを思い出したんだな。

異性が近づいたら、気分が悪いだろうって。

「すまない。やっぱり今の話はナシだ。ジゼルにでも頼んで――」

「いえ、私がやるわ」

最後まで言わせまいと、私はソファから立ち上がったキースの服の裾《すそ》を掴《つか》んだ。

くいっと引っ張られてのけ反った彼は、目を細めて心配そうに私を見下ろしてくる。

「……でも、あんたは嫌じゃないのか」

「ううん、嫌じゃない。ロイ先生とか他の男の人ならちょっと警戒《けいかい》するけれど……キースなら大丈夫よ」

「えっ、俺なら？」

「うん、キースだから」

キースは面食らったように目を見開き、そしてふいっと顔を逸《そ》らしてしまった。

「……なんというか。あんた、俺をどうしたいんだよ」

「別にどうも？」

「……まあ、あんたがいいって言うなら続行するか」

がしがしと前髪を掻《か》きむしった後、キースはやや乱暴《らんぼう》にソファに腰を下ろした。おかげで隣に座っていた私の体が少しだけ跳《は》ね上がる。

……さっき、少しだけ焦《あせ》った。

「ジゼルにでも頼んで」と言われた瞬間、「それは嫌だ」と反射的に思ったのだ。

どうして焦《あせ》ったのか――その答えを出すのはなんだか怖くて、私はそれ以上深く考えるのを止めた。

そうしている間にキースはテーブルに原稿《げんこう》を並べ、メモ用紙とペンを準備する。

「よし、それじゃあまずはストーリーに従って手をつなごう」

ほれ、とキースは右手を差し出してきた。

彼は左利きだから、メモを取るために左手を空《あ》けておかないといけない。

でも、だからといって「ほれ」はねぇ……。

「もうちょっとムードのある言い方をしてほしいわ」

「……そっちの方があんたも乗り気になるのか？」

「それもあるし、ロマンチックな演出をしてもらいたいというのが乙女《おとめ》なのよ」

「……分かった。お手をどうぞ、タリカ」

とたん、彼は芝居《しばい》がかった仕草《しぐさ》で軽く体を折りたたみ、すっと右手を差し伸べた。

むむむ……これはまさに、花屋のシーンの再現だ！　えっと、ここでヒロインはおずおずと手を差し出し、二人はベンチに並んで座り、手を握《にぎ》り合う、と。

私が左手を差し出すと、キースの手がそっと包み込んだ。

あっ、手の平大きい。しかも結構ごつごつしていて、熱い。

そしてこれって地味に、恋人つなぎってやつだよね。わーお。

「よし。じゃあ感想を述べろ」

きゅんっとする私をよそに、キースはペンを手にスタンバイしている。

「なんでもいい。女の立場から感じたことや思ったことを言ってくれ」

「う、うん。それじゃあ……えっと、結構ドキドキしている」

「そ、そうか」

冷静そうだと思ったら、「ドキドキしている」と聞いてキースの顔が瞬時《しゅんじ》に真っ赤になったぞ。

ペン先を紙に押しつけているからインクがにじんでいるけれど……大丈夫かな？

「えっと……他に、何を感じる？」

「そうね……こうして握《にぎ》っていると、あなたの手の大きさや硬《かた》さ、指の太さが伝わってくるわ」

「確かに、あんたの手は小さいし指も細い。女って、よくこんな華奢《きゃしゃ》な体で活動できるな」

キースも思うところがあるようで、メモを取りながら言っている。

「それにしても、俺の手ってそんなに大きいか？　このヒーローは他国の騎士《きし》という設定で、俺より体格がいいと思うのだが」

「そうなの？　……だとしたら、もっと大きく感じるかもしれないわ。それでも、キースは私より

手が大きくて指も太いから、私は結構手を広げないといけないの」

「ということは、体格差の大きい二人にあまりにも長くこのつなぎ方をさせたら、女性の負担になってしまうかもしれないな」

キースは真剣にメモを取っている。熱心だなぁ。

「あとは……そうね。ちょっとだけ汗でべたつくわ」

「えっ……悪い。俺、そんなに汗を掻《か》いているか？」

「ひょっとしたら私の汗かもしれないわ。んー、二人の汗が絡まって——なんてのは、キャサリン先生が書くものじゃないわね」

「あ、あたりまえだ！　そういうのが得意なのはあの気障《きざ》男だ！」

ロイ先生のことね。確かに彼なら、かなりきわどい表現を惜《お》しみなく使いそうだな。

ロイ先生のことを思い出し、勝手にキースは腹を立てている。

そんな彼を見て——ふと、私は彼の方に少しだけ顔を近づけてみた。

「……どうした？　メモに間違いでもあったか？」

「いえ、そうじゃなくて……なんだかいい匂いがするなぁ、と思って」

「匂い？」

キースは不思議そうな顔になって自分の左袖《ひだりそで》の匂いを嗅《か》ぎ、首を傾《かし》げた。

「……洗濯用の石けんの匂いか？　それに俺より、あんたの方がいい匂いがするだろう」

「これ、石けんじゃないと思うけどなぁ。……まあ私は香水を付けているからね。今日はあまり匂いのきつくない柑橘《かんきつ》系の香りにしたんだけど」

「確かにあんたからいい匂いはするが、柑橘《かんきつ》とはちょっと違う気がする」

……あれ？　なんだかお互いの匂いに関する見解がおかしい？

私たちの鼻がおかしいのか、それとも謎《なぞ》の匂いが発生しているのか。

「……まあこれはいいとして。もしヒーローが香水などを付けるのなら、これだけ近ければ匂うかもしれないわ」

「香水は付けないが、異国産の葉巻《はまき》は吸う。後ほどこの匂いで彼の出身が分かるという話になるんだが——なるほど。これだけ密着したら相手の匂いも伝わるだろうし、少々展開を調節する必要がありそうだな」

キースは長々とメモを取っている。

……うーん、そろそろ手、離してもいいかな？　なんだかだんだん握《にぎ》っているところが熱くなっているし、さすがに気恥ずかしくなってきた。

「あの、そろそろ離してもいい？」

「ああ、そうだな。悪い」

キースは思いの外《ほか》あっさり手を離した。

——寂《さび》しい。

そんな言葉が頭の中を過《よぎ》り、私は愕然《がくぜん》とした。

寂《さび》しい？　私は、キースの手が離れて……寂《さび》しい？

キースは私の様子など気にせず、せっせとメモを取っている。私はそんな彼を見て、続いて自分の左手に視線を落とす。

そこは他の体の部位のどこよりもずっと、熱かった。

＊　＊　＊

マリィに連れられてタリカが帰った後、キースは一人でメモの清書《せいしょ》をしていた。

「ただいま戻りました。……あら、もうタリカ様はお帰りになったのですね」

ジゼルがアトリエに戻ってきた。彼女には今日、出版社までお遣いに行ってもらっていたのだが、ちょうどいいところに来てくれた。

「おかえり。……ちょうどいい。今さっきタリカに、小説の助言をもらったのだが……一つ、気になることがあってな。ジゼルの意見を聞きたい」

「左様でございますか。それはなんでしょうか」

「……俺って、どんな匂いがする？」

キースが真面目な顔で問うと、ジゼルは怪訝《けげん》そうに眉根を寄せ、「失礼します」と断ってキースの足元にしゃがみ、服に顔を近づけた。

「そうですね……お召《め》し物の匂いでしょうか。いつもの石けんの香りですね」

「やっぱりそうだよなぁ」

「……何かあったのですか？」

立ち上がったジゼルに問われ、キースは自分が先ほど仕上げたメモを見せながら言う。

「タリカと一緒に小説の場面の再現をしていたんだが、あいつが俺からいい匂いがすると言っていてな。石けんかと思ったらそうじゃないらしい」

「ほう」

「俺としては、あいつの方がいい匂いがするんだ。今日は柑橘《かんきつ》系の香水を付けていたそうだが……何かちょっと違うんだ。甘くて、果物とはちょっと違うおいしそうな匂いがした」

「なるほど」

「何か分かったのか？」

ふんふんと頷《うなず》きながらコートを脱ぐジゼルに問うと、彼女は振り返った。

「……ええ。具体的に何とは言えませんが——一つ、キース様にお教えできることがあります」

「なんだ」

「恋愛小説によりますと——相性のいい人の汗や体臭《たいしゅう》は、いい匂いに感じられるそうですよ。要するに、お互いが好意を持っているという証《あかし》でしょう」

——かん、とキースの手からペンが落下し音を立てる。

「……は？」

「あいにくわたくしには縁がないので、検証したことはないのですが——まあ、つまりそういうことではないのでしょうか？」

キースの返事を待たず、ジゼルは「お茶を淹《い》れて参ります」と言って厨房《ちゅうぼう》に行ってしまった。

ジゼルの後ろ姿を見送ったキースは、つとメモへと視線を落とす。

相性のいい人の汗や体臭《たいしゅう》は、いい匂いに感じられる。

先ほどタリカは「石けん以外のいい匂いがする」と言っていた。

そしてキースも、「柑橘《かんきつ》とはちょっと違う、おいしそうないい匂いがする」と言った。

お互いが、身に付けているものや香水以外の謎《なぞ》の匂いを、「いい匂い」と感じた。

もしその「謎《なぞ》の匂い」の正体が、互いの体の匂いだとしたら――

「俺とタリカはお互い、好意を――」


バンッ！　と広間の方から大きな音がし、続いて何やら悶絶《もんぜつ》するような悲鳴《ひめい》が上がる。どうやら悩《なや》める青年が、自分の頭を雑誌か何かで殴《なぐ》ったようだ。

茶を淹《い》れる、と言っておきながら広間のドアに寄りかかっていたジゼルはふっと微笑み、軽い足取りで厨房《ちゅうぼう》に向かった。

次にタリカが来た時、彼女のお付きであるマリィといい話ができそうだ。

＊　＊　＊

「お嬢様、どうかお休みくださいませ」

アトリエに行く準備をする私に、マリィたちが心配そうに声をかける。

「ラトクリフ侯爵家には、我々が連絡をしますゆえ」

「そうです！　いつお嬢様が倒れられるか分からない状態のまま送り出すなんて、できません！」

「旦那様不在の今、お嬢様に何かあってはならないのです！」

皆の気持ちも、分かる。

だからこそ、私は振り返って笑みを浮かべた。

「ええ、気遣いありがとう。……私もそう思うから、今日はキャサリン先生にちゃんと話をするつもりなのよ」

近頃、体の調子が優《すぐ》れない。

元々目覚めはいい方だったはずだけど、朝起きるのが億劫《おっくう》になり、食事もほしくなくなった。歩いているだけでふらりと体が傾《かたむ》くこともあるし、昨日はほんの僅《わず》かな段差に躓《つまず》いてしまい、マリィが支えてくれなかったら石の床に顔面をぶつけていたかもしれなかった。

お父様は数日前から、領地の視察《しさつ》に出向いている。その間、私はブラックフォード家の女主人として家を守らなければならないのだ。おまけに体調が優《すぐ》れないので、あちこち出歩くのはよいことじゃない。

そういうわけで私は今日、アトリエに行って、キースに少しの間外出を控《ひか》える旨を伝えるつもりだ。使用人たちが言うように伝言でもいいのだが、これからしばらく会えないのだし、挨拶《あいさつ》くらいは自分でしたかった。

皆は青い顔をして私を止めようとしていたけれど、頼み込むとなんとか了承してくれた。

ただし、いつものように長時間居座るのは禁止。馬車も外で待っておくので、用が済んだらすぐに帰宅すること、と念押しされた。

ブラックフォード家からラトクリフ家まで、馬車で十五分ほど。貴族用の屋敷《やしき》が建ち並ぶエリアは、馬車で通っても振動《しんどう》が少ないように道がきれいに舗装《ほそう》されている。

でも、私にはその僅《わず》かな振動《しんどう》もかなり苦痛に感じられた。マリィは馬車にこれでもかというほどクッションを積み、少しでも揺《ゆ》れが体に響かない工夫をしてくれる。

キースの方には、「大切な話がある」ということを事前に伝えていた。だからか、いつもなら学校でクラブ活動をしている時間なのに、今日は授業が終わるなりすぐ帰宅して私を待ってくれていた。

「いらっしゃい、タリカ。……見るからに顔色が優《すぐ》れないな」

「こんにちは、キース。今日は早めに寝るから大丈夫よ」

「……そうなのか？　ジゼル、タリカに茶を淹《い》れてやってくれ」

「申し訳ありませんが、今のお嬢様は嗅覚《きゅうかく》が少し敏感《びんかん》になっていらっしゃり、お茶にも好みがございます。わたくしも一緒に支度をしてもよろしいでしょうか」

すかさずマリィが申し出た。

キースは少しだけ険《けわ》しい顔つきになったけれど頷《うなず》き、ジゼルも何も言わずマリィを伴《ともな》って厨房《ちゅうぼう》に向かった。

キースは私の手を取り、ソファまでエスコートしてくれた。しかも「暑かったり寒かったりはしないか？」と気遣ってくれる。

いつも「さっさと座れ」とぞんざいな言い方をする彼らしくなくて、ついついくすっと笑ってしまう。

「……なんだ？」

「いいえ。こんなに丁寧に扱ってもらえて、なんだかくすぐったくて」

「……俺だって、体調の優《すぐ》れない者を労《いたわ》るくらいの優しさは持っている」

「あら、キースはいつだって優しいわよ」

「……うるさい」

最後にはいつものように雑に言われたけれど、私をソファに座らせるキースの手つきはやっぱり優しかった。

私の許可を取った上で腰を支えてソファに座らせると、ふわふわのブランケットを持ってきて膝《ひざ》の上にかけてくれた。本当に至れり尽《つ》くせりなのが申し訳なく――そして不謹慎《ふきんしん》にも、嬉しいと感じてしまう。

まもなく、マリィとジゼルが戻ってきた。私の嗅覚《きゅうかく》を刺激しない茶葉を二人で選んでくれたようで、私のお茶もキースのお茶も、匂いの控《ひか》えめなものだった。

二人は一礼し、「続き部屋で待機《たいき》しております」と言うと、そろって部屋を出ていった。

しばし、私たちは黙《だま》ってお茶を飲んでいた。

「……私の体調のことだけれど」

切り出すと、向かいの席のキースの肩が揺《ゆ》れた。のろのろと視線が持ち上がり、琥珀《こはく》色の目が心配そうに私を見つめる。

「三日ほど前からずっと体調が優《すぐ》れないの。お医者様にも診《み》てもらったけれど、はっきりとした病名を付けることはできないって。たぶん体の疲れが溜まっているせいだろうから、しっかり休むべきだって言われたわ」

「……そうか」

「本当を言うと、歩くのも辛いの。だから……申し訳ないけれど、当分はあなたに会いに来られそうにない」

膝《ひざ》の上に手を重ね、頭を下げる。

「私の方から押しかけておいて、こんな我《わ》が儘《まま》を言ってごめんなさい。……今うちにはお父様もいないし、無茶をして倒れてしまったら、あらゆる人々に迷惑《めいわく》をかけてしまうわ」

そう言ってキースを見ると、彼は渋《しぶ》い顔をしていた。

「……あんたが来てくれて、正直かなり助かっている。でも、無理をさせてあんたが体を壊してはならない。今は、ゆっくり休め」

「ええ……ごめんなさい」

「謝るなって。あんたが元気になった顔を見られたら、それでいいよ」

その言葉に、じわじわと私の胸が熱くなる。

嬉しい。キースに気遣ってもらえて嬉しい。

嬉しいのに――どうしてこれほどまで、私の胸はざわついているんだろう。

不安で不安で、胸が押し潰《つぶ》されそうになる。

まるで――

「……キースは」

気づけば私は、思うままに言葉を紡《つむ》いでいた。

「私のこと、信じてくれる？」

その言葉に、キースは目を見開いた。彼はカップを置き、姿勢を正して真っ直ぐ私を見つめる。

……おかしいな。ここに来たばかりの頃は、もうちょっと彼の目線は低かったはずだ。

この二ヶ月で、彼は身長が伸びたんだろうか。

「……何度も言っているだろう。俺は、あんたを信用することにした。あんたは変わった。今のあんたなら信じてもいいって――心から思っている」

「……うん」

信じてくれている。

それだけで――私は十分だ。

ふと、私は自分の頬《ほお》が熱く濡《ぬ》れていることに気づいた。

おかしいな、別に泣くシーンじゃないのに。

それでも、一度流れた涙を止めることはできなかった。

自分でもわけが分からずぽろぽろと涙をこぼす私を、キースは息を呑《の》んで見つめる。

そして彼は素早く立ち上がるとテーブルを迂回し、私の隣に並んで座った。

……ああ、このシチュエーションは。

この前、彼の執筆《しっぴつ》を手伝った日と同じ。

不思議な懐かしさに満たされている——と思った瞬間、私の体ががくっと揺《ゆ》れた。

気がついた時には、私の立派すぎる胸は硬《かた》い胸板に押し潰《つぶ》されていた。背中に回っているのは、がっしりした男の人の腕《うで》。

服越しに見た時はそれほどがっしりしていないと思っていたのに、実際に密着した彼の体は、大きくて、熱くて、硬《かた》かった。

「……キース？」

私、キースに抱きしめられている？

私の左の肩口に顔をうずめている彼が、熱い息を吐く。その吐息が首筋をなぞり、ついついびくっと震《ふる》えてしまった。

ああ、この位置はちょうど、ロイ先生にキスマークを付けられた箇所《かしょ》だっけ——

「……あんたが」

「う、うん？」

「消えてしまいそうな気がして——」

掠《かす》れた声で呟《つぶや》くと、彼は私を抱きしめる腕《うで》に力を込めた。

苦しい。苦しいけれど、嫌じゃない。

私はそっと手を伸ばし、キースの背中に触《ふ》れた。思ったとおり、ベストとシャツ越しに触《ふ》れる彼の背中にはしっかり筋肉が付いていて、たくましく盛り上がっている。

そういえばずっと前、「これでも鍛《きた》えているから体には自信がある」とか言っていたっけ……

普段の私なら、「消えるわけないじゃない！」って笑い飛ばしただろう。でも今の私は彼の心細そうな言葉を一笑《いっしょう》に付《ふ》すことはできなかった。

「……もし、私が消えても――私が戻ってくるのを、待っていてくれる？」

思わず、そう尋ねていた。

なんてことを聞いているんだろう、と言ってしまってから後悔《こうかい》したけれど、キースはいつものように鼻で笑ったりしなかった。

少しだけ彼の腕《うで》の力が弱まり、距離を取られる。熱が遠のいていって寂《さび》しいと思ったのは束《つか》の間《ま》で、顔を上げた私は、キースの琥珀《こはく》色の目に射貫かれた。

「……待つわけないだろ」

「……そっか」

「おとなしく待つくらいなら、あんたを捜しに行く」

はっ、と私の唇から息が漏《も》れる。キースは目尻を緩《ゆる》めて微笑み、ぐっと顔を近づけてきた。

えっ、キスされる？

そう思った直後、こつんと私の額《ひたい》とキースの額《ひたい》がぶつかった。至近距離で見つめる彼の目は、緩《ゆる》やかな弧《こ》を描《えが》いている。

「あんたがいなくなったら、俺は作家としてやっていけなくなる。……勝手に消えたりするなよ。もし消えたら、あんたが嫌がろうとなんだろうと連れ戻してやる。あんたは一生、俺の原稿《げんこう》を読んでいればいいんだよ」

それってなんて、プロポーズ？　「俺のために、毎朝みそ汁を作ってくれ」の派生とか？

でも茶化《ちゃか》す気にはなれなくて、私は自《みずか》らキースの胸に身を預けた。するとキースは、さっきよりもしっかりと抱きしめてくれる。

私は目を閉じた。

どうか、「私」をずっと、「ここ」にいさせてください。

＊　＊　＊

キースに別れを告げ、私は屋敷《やしき》に籠《こ》もることにした。

翌日、本を読んでいる途中で寝落ちしてしまった。起きた後、なぜか全く本を読む気になれず、その後ご飯を食べたら吐いてしまった。

病気で胃が受け付けないというよりは、「私はこれを食べたくない」と本能が訴《うった》えていた。

キースから、体調を気遣うカードが届いた。

でも、それをマリィから受け取ったとたん、壁に思いっきり投げつけてしまった。

なぜか私の体が、「こんなの読みたくない」と訴《うった》えていた。

そして、その翌日。

頭が痛い。マリィたちの顔を見たくない。

顔を見れば、わけも分からず怒鳴《どな》り散らしてしまいそうになったから、心配顔のマリィたちを追い出して私は自室に籠《こ》もった。一人っきりになれば、少なくとも誰かに八つ当たりすることだけは避《さ》けられる。

『――ねぇ、もう満足でしょう？

――あなただけ――になるなんて、不平等じゃない？

だから――その体、返して？』

第4章　悪女、嗤《わら》う

――タリカが自宅で倒れたらしい。

最初にその知らせを聞いた時、キースは感情のまま、ブラックフォード家に突入しそうになった。

だがマリィからの手紙を読んでくれていたジゼルは、「最後までお聞きください！」と主《あるじ》をなだめ、「翌日には散歩に出られるまで回復されたそうです」と教えてくれた。

「マリィ曰《いわ》く、病《や》み上がりということもあってタリカ様は現在感情の起伏が激しく、キース様との面会は望まれていないようです」

「……そうか。タリカがそう言うのなら無理はできないな」

椅子《いす》に座り直したキースは、難しい顔で腕《うで》を組んだ。

本当はすぐにでもタリカに会いに行きたい。無事な姿を確かめたい。あの柔《やわ》らかい笑顔を見たい。

でも、本人がキースとの面会を望まないのなら、無理強いはできない。

キースは、そっと自分の胸元に手を宛《あ》てがった。

今、自分はタリカが倒れたと聞いて焦《あせ》り、絶望《ぜつぼう》し、目の前が真っ暗になった。

そして彼女が無事だと聞いて安堵《あんど》し、喜び、体中から力が抜けそうになった。

（我ながら、タリカに対して過敏《かびん》になったものだ）

かつては犬猿《けんえん》の仲で、姿を見るのも声を聞くのも腹立たしかったタリカ・ブラックフォード。敬愛する主君であるジェロームの優しさを踏《ふ》みにじる女なんて、惨《みじ》めに零落《れいらく》すればいいと思っていた。

（でも……今は違う）

婚約破棄《はき》のショックから、人が変わったみたいに穏《おだ》やかになったタリカ。

時々馬鹿としか言いようのない反応をしたり、頭の悪そうな言葉を発したりする。かと思えばキースの胸を温かくさせる微笑みを浮かべたり、キースをドキドキさせる言葉を何気なくこぼしたりする。

先日抱きしめた時、タリカの体はとても小さくて、頼りないものに思われた。

基本的に強気で楽観的なタリカだが、あの時だけは――自分が守ってやらなくては、と強く感じた。

（ガラにもなくこんなことを思うのは、俺にとってあいつが――特別だから）

同級生の女子生徒とは違う。いつも側にいる姉のようなジゼルとも違う。

共に過ごすうちに芽生《めば》え、ゆっくり育っていった想い。

それはきっと、いつも自分が小説で描《えが》いている感情。

そんな馬鹿な、きっと気の迷いだ、とこれまでは気づきそうになるたびに否定し、その感情に蓋《ふた》をしていた。

（俺は、あいつのことが……好きなのか）

一度認めてしまうと、その感情は驚《おどろ》くほどあっさりキースの胸に落ち着いた。

好きだから、体調を崩《くず》したと聞いて心配になる。

好きだから、無事だったと聞いて安心する。

好きだから——抱きしめた時、愛《いと》おしい、守ってやりたいと感じる。

自分がタリカに好意を抱いていると認めるのは、少しだけ癪《しゃく》な感じがするし、気恥ずかしい気持ちもある。だが、「そういうことだったのか」と納得《なっとく》もできた。

（……これじゃあ、ジゼルにどやされても仕方ないな）

キースはぼりぼりと頭を掻《か》いた後、椅子《いす》から身を起こした。

ここ三日ほど学校が休みだったので、今日は久々の登校日だ。既に身支度は調えている。

「ひとまずマリィに、了解の意だけ伝えてくれ。学校から戻ったら、俺の方からも手紙を書く」

「かしこまりました。いってらっしゃいませ」

ジゼルに見送られ、キースはアトリエを出た。

——だが、その直後。

「お待ちください、キース様！」

屋敷《やしき》の方から、老年の執事が駆《か》けてきた。キースの父が子どもの頃からラトクリフ家に仕えている彼は、いつも落ち着いているのだが、今は焦《あせ》りを前面に出してキースを呼び止めていた。

「……なんだ？　俺は今から学校に行くのだが」

「それどころではございません！」

普段あまり走ることがないからか肩で息をしながら、執事は声を上げた。

「使用人から報告があったのです！　キース様が女性名を使って作家活動をしていることが、皆に知らされているのです！」

『ラトクリフ侯爵家の次男であるキース・ラトクリフは、女性名を使って作家活動をしている』

『しかも彼が書いているのは、恋愛小説――庶民用の読み物である』

キースに関する噂《うわさ》は、驚《おどろ》くほど素早く町中に広まっていった。

昼前にはラトクリフ家の屋敷《やしき》に大勢の野次馬《やじうま》が押しかけ、「噂《うわさ》は本当なのか」「キース・ラトクリフを出せ」とはやし立てる。中には雑誌の記者もいるようで、ラトクリフ家の使用人総出で連中を抑《おさ》え込んでいた。

同時に出版社にも矛先《ほこさき》が向いたようで、ジゼル曰《いわ》く、「大炎上です」とのことだ。

貴族の息子が作家活動をしているのは本当か、しかも女装しているというのはどういうことなのか、それを出版社は知っていて黙《だま》っていたのか――と、いつも世話になっている編集者も質問攻め状態で、出版社が機能しないほどの騒《さわ》ぎになっているそうだ。

「キース、これはどういうことなんだ」

城に出仕《しゅっし》している父に代わり、次期当主である兄がキースを問いつめる。

顔立ちはキースに似ているものの弟よりずっと穏《おだ》やかな性格なのだが、自邸《じてい》の応接間でキースと向かい合って座る兄は柔《やわ》らかい表情を欠片《かけら》も見せず、鋭《するど》い眼差しで詰問《きつもん》する。

「僕や父上は、君が秘密を守る、信頼できない者には明かさない、と約束した上で君の作家活動を黙認《もくにん》することにしたんだ。……それなのに、どうしてこうなった」

（そんなの、俺だって知りたい！）

大声を出して反発したかった。だがこの状況に参っているのは兄だって同じだし、そもそもの原因を生み出したのは自分なのだから、兄に噛《か》みつくのはお門違《かどちが》いだ。

キースは制服のズボンの布地をぎゅっと握《にぎ》り、首を横に振った。

「……分かりません。俺も、情報が漏洩《ろうえい》しないように注意を払っていました」

「……さては、活動支援しているというタリカ・ブラックフォードではないか？　父上は、彼女が君のことに気づいていると指摘《してき》していた。それでも君が信頼するなら――と大目に見たが、これはタリカ・ブラックフォードの仕業《しわざ》ではないのか」

「タリカはそんなこと――」

反射的にタリカを庇《かば》いそうになったが、待てよ、と冷静な自分が問いかける。

（俺の秘密を知っているのはラトクリフ家以外だと、タリカやマリィだけだ。だが……タリカが俺の秘密をバラすか？）

そんなの信じたくない。だが、一番疑わしいのはタリカだ。

（……可能性があるのなら、問いつめなければならない）

それがたとえ、恋する相手だとしても。

屋敷《やしき》に野次馬《やじうま》たちが殺到《さっとう》する中、キースは本来非常時の脱出に使う地下通路を通って裏口から出ると、ブラックフォード邸《てい》へ急いだ。

馬車、もしくは馬だけでもいいので何かしらの乗り物がほしいところだったが、目立つ行為をするべきではない。

ラトクリフ邸《てい》からブラックフォード邸《てい》までそれなりに距離があり、馬車だとあっという間なのだが走るとなると時間がかかる。おまけに顔を隠《かく》すために頭からフードを被《かぶ》っているので、到着した頃には息が切れ、じっとり汗を掻《か》いていた。

「……すまない、キース・ラトクリフだ。タリカ嬢はいらっしゃるか」

出迎えた侍女も噂《うわさ》を聞いているみたいで、キースの顔を見ると明らかにぎょっとした様子だったが、すぐに頷《うなず》いた。

「……お嬢様から、もしキース様がいらしたらお通しするようにと命じられております。どうぞ」

「助かる」

キースは侍女が開けてくれた扉から邸内《ていない》に滑《すべ》り込み、別の侍女が渡してくれた濡《ぬ》れタオルでざっと汗を拭《ぬぐ》ってから応接間に向かった。

途中、ブラックフォード公爵とすれ違ったが、彼は複雑そうな眼差しでキースを見ただけで、会釈《えしゃく》したキースを一瞥《いちべつ》して去っていった。

（……公爵も俺のことを疑ってはいるようだが、ひとまず通してくれるのならありがたい）

きっとタリカの口添えもあったのだろう。

応接間で待っていると、まもなくタリカがやって来た。

繊細《せんさい》なレース生地《きじ》の部屋着に薄紅《うすべに》色のカーディガンを羽織《はお》ったタリカは、数日前に倒れたということもあってか、少しだけ体の線が細くなっている。その姿が儚《はかな》く思われ、キースの胸がつきんと痛んだ。

「タリカ嬢……いきなりの訪問をお許《ゆる》しください」

「作家と助手」ではなく「侯爵子息と公爵令嬢」の立場を意識してキースが礼儀正しく挨拶《あいさつ》すると、タリカは豊かな髪を振《ふ》るった。

「あなたこそ、大変だったでしょう。……皆、席を外《はず》しなさい」

タリカに命じられ、何か言いたそうな顔をしていた侍女や護衛たちが渋々《しぶしぶ》応接間を出ていく。

公爵令嬢の身を案じる彼らには申し訳ないが、二人きりの場所でないと折り入って話ができないのだ。

(マリィは……いないのか)

せめてマリィがこの場にいれば、少しは安心できただろう。だが彼女だって四六時中タリカの側にいるわけではないし、いないのならば仕方ない。

キースは姿勢を正し、向かいの席に腰を下ろしたタリカを見つめた。

「……単刀直入に言うと、俺は今非常にまずい状況に陥《おちい》っている」

「ええ、私も聞いたわ。あなたの秘密がバレて、町中に広まっているって……」

そう言ってタリカは悲しそうに目を伏《ふ》せ、豊かに張り出した胸にそっと手を宛《あ》てがった。心からキースのことを心配しているような仕草《しぐさ》に、キースの胸がどくんと脈打つ。

（……ばらしたのはタリカじゃないのか？）

最近になって分かったのだが、タリカは素直に笑い、素直に怒り、素直に感情を顔に出す。かつての彼女ならばともかく、改心したタリカは自分の気持ちに正直な女性だとキースは感じている。

（これは……芝居《しばい》なのか？　いや、本当に何も知らない可能性だってあるが――）

きっとタリカを見つめる自分の目はかなり険《けわ》しく、「俺はおまえを疑っている」と語っていたのだろう。

最初は戸惑《とまど》った様子のタリカだったが、やがて何かに気づいたようにはっと目を見開いた。

「キース、まさか……私がばらしたと思っているの？」

「う、いや、そういうわけじゃ――」

「ううん、それも仕方ないと思っているわ。疑われたって……仕方ないものね」

思わず狼狽《ろうばい》してしまったが、タリカは悲しげに微笑んで立ち上がると、キースの横にやって来た。

――ふわっと香るきつめの薔薇《ばら》の香りに、一瞬目の前がぐらつく。

「キースがもしここに来るとしたら、私を疑っているからだろうとは予想していたもの。……元々、私はあなたにとって信用ならない相手だったし……ね」

「違う、タリカ。俺は――」

「キース」

すとん、とキースの隣に遠慮《えんりょ》なく腰を下ろしたタリカは、そのまま手を伸ばし、血管が浮き出るほど固く握《にぎ》りしめていたキースの拳《こぶし》にそっと触《ふ》れた。柔《やわ》らかな手に優しく撫《な》でられ、緊張《きんちょう》のために冷えていたキースの体に炎が灯《とも》る。

「疑われることには慣れているわ。……でも、キースに疑われるのは……辛いの」

「タリカ……」

「キース、私を信じてくれる？」

「も、もちろんだ。あの、だから、タリカ。もうちょっと離れ――」

「嫌。……キース、寂《さび》しくて、悲しいの。ぎゅってして」

甘い声が耳朶《じだ》を震《ふる》わせ、タリカの柔《やわ》らかい肌がぐっと迫《せま》ってくる。

彼女が緩《ゆる》く纏《まと》っていたカーディガンが微《かす》かな音を立てて脱げ落ちる。するとまろやかな肩のラインが薄手の部屋着越しに透《す》けて見え、キースはぎょっとして目を見開いた。

（寂《さび》しい？　悲しい？　それは、俺が疑ったから？　俺のせいで……？）

焦《あせ》ったり混乱したり驚《おどろ》いたりで忙しいキースを急かすように、タリカの唇がキースの名を呼ぶ。

中途半端な位置で停止していた自分の右手にするりとタリカの左手が絡められ、肌を指先でなぞってくる。

（タリカ――！）

恋しく思っている女性を悲しませた。そんな女性本人から、「ぎゅってして」と誘《さそ》われている。

優しいタリカなら、焦《あせ》る気持ちも混乱する気持ちも、全てを包み込んでくれるかもしれない。そしてキースがその誘惑《ゆうわく》に応《こた》えても、彼女ならキースを受け入れてくれるに決まっている。

「タリカ」

キースはいったん手を離し、想いを寄せる女性の華奢《きゃしゃ》な両肩に手を載《の》せ——

「……こういうのは、よくない」

そっと、体を引き離した。

タリカのことが好きだ。こんな状況でもキースを優しく労《いたわ》り、包み込んでくれるタリカは非常に魅力的だと思う。

だが、これはよくないと分かっていた。

タリカを大切にしたい。こんな状況の時、衝動《しょうどう》に流されてしまうのではなく、両者が落ち着いた状態で一つ一つ手順を踏《ふ》んでいきたい。

大切で愛《いと》おしいからこそ、感情だけで動きたくなかった。

「俺を気遣ってくれたんだよな？　ありがとう、タリカ。それと、疑ってすまない」

「そんな、キース……」

「いきなり押しかけた上に、あんたを傷つけるようなことを言ってしまって申し訳ない。……この件が落ち着いたら、ちゃんと話をしような。俺は今日はもう帰るから、タリカもマリィと——」

待っていてくれ、と言おうとしたキースだが、俯《うつむ》いたまま黙《だま》ってしまったタリカを見て、口を閉ざした。

その薄い肩が小刻《こきざ》みに震《ふる》えている。泣いているのだろうか。

「タリカ、俺——」

「つははは！　なぁーんだ……つまらないわ」

髪を撫《な》でて慰《なぐさ》めようと持ち上げた手が、ぴたりと制止する。

それまでの殊勝《しゅしょう》な態度から一転してタリカの唇から放たれたのは、ねっとりと甘く、邪悪《じゃあく》で、嗜《し》虐《ぎゃく》に満ちた声。

タリカが、顔を上げた。

その赤銅《しゃくどう》色の目は、獲物《えもの》を追いつめた肉食獣のように獰猛《どうもう》に――それでいて蠱惑《こわく》的に、キースを見つめていた。

（……何？　どういうことだ？）

いきなり豹変《ひょうへん》したタリカを前に、キースは言葉を失った。

今のタリカの目はここ最近見せてくれた穏《おだ》やかで優しいものではなく――学校で対立していた頃と同じ、他人を馬鹿にするものだった。

タリカはふんっと鼻で笑うとキースの胸を突き飛ばし、肉付きのいい脚を組んで優雅《ゆうが》に笑った。

「ちょっと揺《ゆ》さぶれば下心満載《まんさい》で襲《おそ》ってくると思ったのに……ほんっとつまらない男。引っかかってくれれば、もうちょっとお手柔《てやわ》らかにしてやったのに」

「……タリカ、何を言って――」

「わたくしの名を気安《きやす》く呼ぶのではありません、キース・ラトクリフ！」

タリカは名を呼んだだけで烈火《れっか》のごとく怒り、つま先でキースの足を蹴飛《けと》ばした。

所詮《しょせん》令嬢の力なんて知れているのでそれほど痛くはないが、胸の痛みは尋常ではない。

「ええ、ええ、そうよ！　昔から憎《にく》くて邪魔《じゃま》で鬱陶《うっとう》しくて仕方なかったおまえの弱みを皆にばらしたのは、わたくし。女装趣味《しゅみ》のことも、気持ち悪い書物を書いていることも、卑《いや》しい庶民どもに交じっていることもぜーんぶ、ばらまいてやったわ！　おほほ、いい気味ね！」

衝撃《しょうげき》的なことをペラペラ喋《しゃべ》った後に高笑いしたタリカはもはや、無邪気《むじゃき》や素直といった表現からかけ離れている。

――悪女。

そんな形容がぴったりの女はキースを見ると、血のように赤い唇をねじ曲げてにたりと笑う。

「……あーら、怖い顔をしているわね、キース・ラトクリフ」

「タリカ、一緒に来い。皆に説明するんだ」

「説明って、何を？　わたくしは真実を述べただけだし、おまえに屈《くっ》するわけないでしょう」

「ならば力ずくでも連れて行く」

「できるものならね」

タリカは邪悪《じゃあく》に笑うと、いきなりキースの目の前で部屋着の胸元のリボンをほどき、がばりと襟《えり》元《もと》を広げた。下に着ていたシュミーズもかなりの薄手だったようで、豊かな胸の形がはっきりと見え、キースはぎょっと目を見開く。

「タリカ！　そんなはしたないことを――」

「いやぁぁぁ！　助けて、お父様、助けて！」

キースの声をかき消さんばかりの声量で、タリカが金切《かなき》り声を上げる。そして呆然《ぼうぜん》とするキースを横目で見つつ、さらに声を張り上げた。

「誰か！　誰か来て！　キースが、わたくしを――！」

「お嬢様!?」

一番に応接間に飛び込んできたのは、最初にキースを屋敷《やしき》に通してくれた侍女だった。すかさずタリカはその侍女に抱きつき、哀《あわ》れっぽく鼻を啜《すす》り始めた。

「助けて、ダリア！　キースがいきなり服を脱がせて、襲《おそ》ってきて――」

「はっ!?　おい、タリカ！　おまえ、何を――」

「なんの騒《さわ》ぎだ！」

キースが説明するより早く、どたどたと荒《あら》い足音が部屋に近づき、顔を真っ青にしたブラックフォード公爵が飛び込んできた。

――彼が侍女に抱きついてさめざめと泣く娘を見、そのドレスが脱げかけているのを見、そして自分を見た時、キースは「嵌《は》められた」と気づいた。

徐々に公爵の表情が険《けわ》しくなり、彼はキースを睨《にら》みつける。

「キース・ラトクリフ！　貴様、タリカによくも――！」

「ブラックフォード公爵、私は――」

「黙《だま》れ！　タリカが言うからと貴様を信じた私が愚《おろ》かだった！」

娘を溺愛《できあい》するブラックフォード公爵は顔を真っ赤にし、キースの言い分を聞こうともしない。

あれよあれよという間に使用人たちによって屋敷《やしき》から摘《つま》み出されたキースは、ぎゅっと唇を噛《か》んだ。

（……俺は、タリカに嵌《は》められた。騙《だま》された。裏切られた――？）

そんなはずはない。ここ数ヶ月で彼女が見せてくれた笑顔はまがいものでないと、信じたい。

だが、キースの秘密をばらしたのは――キースを嵌《は》めたのがタリカであるのは、間違いのない真実なのだった。

＊　＊　＊

ブラックフォード家訪問は結果として、やぶ蛇《へび》になってしまった。

ブラックフォード公爵は娘が襲《おそ》われたことを報告し、キースは「前向きに生きていこうとしていた令嬢に暴行を働いた悪漢《あっかん》」のレッテルを貼《は》られることとなった。

――それは違う、タリカが自分から脱いで襲《おそ》われた風を装《よそお》ったのだ。あの時のタリカは態度を豹変《ひょうへん》させており、噂《うわさ》を広めたのもタリカだ。

王城に呼び出されたキースはそう語ったのだが、審問官たちから不審そうな眼差しを向けられるだけだった。

「キース・ラトクリフはそのように証言するが、その証拠《しょうこ》がない」

「同じように、俺がタリカ嬢を襲《おそ》ったという証拠《しょうこ》もありません」

キースは毅然《きぜん》として言い返すが、審問官たちの反応は芳《かんば》しくない。

（俺が女性名を使って作家活動をしているというのが、足を引っ張っているな……）

密《ひそ》かに作家活動をしているというのも、言ってしまえば身から出た錆《さび》。だが、こんな形で余計な罪の濡《ぬ》れ衣《ぎぬ》まで着せられるとは思っていなかった。

やがて審問官の一人が、重々しい口調で告げる。

「……今回の件に関し、貴殿を学友として選んだジェローム殿下を中傷する声も上がっている。タリカ・ブラックフォード公爵令嬢を襲《おそ》ったことが真実であろうとなかろうと、貴殿の行動が殿下の評価を下げることにつながったのは事実である」

告げられた言葉に、一瞬呼吸が止まるかと思った。ブラックフォード邸《てい》訪問から今日まで自宅に軟禁《なんきん》されていたため、そこまで大事になっているとは思っていなかった。

（殿下……）

あいにく、本日の審問にジェロームも王族代表として参加している。

ちらっと壇上《だんじょう》を見やると、審問が始まってから一度も発言していないジェロームは腕《うで》を組み、静かな眼差しで会場を見回していた。

その眼差しに、ふっとキースは冷静になる。

（殿下は……俺を蔑《さげす》まれていない？）

審問官との問答中はそれどころではなくて気づかなかったのだが、ジェロームは一切動じずに審問を見守っていた。口を挟《はさ》むわけでも、興味がないわけでも、ましてや自分の品格を落とす原因を作った学友を蔑視《べっし》するわけでもない。

（……殿下？）

キースの視線に気づいたらしく、ジェロームはこちらを見やった。

そして膠着《こうちゃく》している場の空気を一変させるかのように挙手し、発言する。

「この件は、キース・ラトクリフの日頃の行動を注視してやれなかった私にも責任があろう。友の動きを把握《はあく》するのも私の役目。……ちなみに」

そこでジェロームはいったん口を閉ざし、続けた。

「……私はキース・ラトクリフの性格を知っている。そして先ほど審問官殿が指摘《してき》していたことだが、キースがタリカ・ブラックフォードを襲《おそ》ったという物的証拠《しょうこ》はない。『そもそもあの状態で、キースがタリカを襲《おそ》う必要がない』という事実は、無視できないのではなかろうか？」

ジェロームの指摘《してき》に、それまで怪訝《けげん》そうに目を細めていた審問官たちは目を見開き、「……確かにそうですね」と呟《つぶや》いてペンを走らせた。

利己のために友人を庇《かば》っているのであれば彼らも物申しただろうが、ジェロームの発言も一理あると考えたようだ。

（殿下……）

キースが唇を噛《か》むと、ジェロームは再びキースを見た。そして、何やら書類に書き込んでいる審問官たちに気づかれないよう、口の形だけで「後で、話をしよう」と告げたのだった。

ジェロームが場に一石を投じたことで、第一回目の審問はひとまず終了した。

「殿下……ジェローム殿下！」

審問を終えて王城の客室に通されたところで、キースは敬愛すべき王子の名を呼ぶ。

王太子付きだという口の堅い騎士《かたきし》と侍女だけをその場に残したジェロームは振り返り、手の動作で座るように指示して自分もソファに腰を下ろした。

「……言いたいことや問いたいことは多くあるだろう。だが……まず、言わせてくれ。私は、君を信じている」

「まず、言わせてくれ」という前置きを聞き、当然罵倒《ばとう》されるだろうと覚悟していたキースは、拍子《ひょうし》抜けして目を丸くした。

「……俺を信じてくださるのですか？　俺は……殿下の学友として叱責《しっせき》されるべきことをしでかしたというのに？」

「叱責《しっせき》されるべきこと？　何かしたか？」

逆に問い返され、キースは言葉を失う。

（何か、って……そりゃあ、作家活動をしたこと、女のフリをしたこと、恋愛小説を書いたこと、タリカを襲《おそ》ったという疑惑をかけられたこと——）

心の中で思い当たるものを挙げるキースだが、ジェロームは思考を止めさせるかのように手を振った。

「作家活動をしたことや恋愛小説を書いていたことは、罰《ばっ》せられるほどのことではない。確かに、グランフォードの貴族としてかなり珍しい行為ではあるが……法律に反しているわけではない」

「え、いや、確かにそのとおりですが……でも、タリカを襲《おそ》った件は無罪の立証《りっしょう》が難しくて……」

「……これは本来、本人不在の場で言うべきではないのだろうが……タリカがああなってしまったのなら、致し方あるまい」

ジェロームはそう呟《つぶや》いた後、目を細めてキースを真っ直ぐ見据《みす》えた。

「キース。君の秘密を広め、君に婦女暴行未遂の濡《ぬ》れ衣《ぎぬ》を着せたタリカは――」


しばし、客間に沈黙《ちんもく》が流れた。

廊下《ろうか》から、審問を受けたキースの様子を見に来たらしい野次馬《やじうま》貴族がジェローム付きの騎士《きし》に追い払われている音が、微《かす》かに聞こえてくるのみ。

キースは、今し方ジェロームの話した内容をにわかには信じられないでいた。

(タリカが……別人だと?)

ジェローム曰《いわ》く、「元々のタリカ」と「優しいタリカ」は体を共有するだけの別人らしい。かつてジェロームを呪い殺そうとしたタリカは呪術に失敗して死にかけ、別の呪術によって異世界人である別の女性の魂《たましい》を内包する形になったのだという。

キースと敵対し、我《わ》が儘《まま》の限りを尽《つ》くした悪女は、「元々のタリカ」。

小説が大好きで、無邪気《むじゃき》で素直な――キースが好きになったのは、異世界の女性。

「……そんなことが、あるのですか」

「本人がそのように申していた。父上の御前での発言であるし、呪術への適性がおありの父上も同意なさっていたのだから、嘘ではないだろう」

ジェロームははっきりと言うと、難しい顔になった。

「だが……どうやら『元々のタリカ』の人格が戻ってきてしまったようだな。元々タリカと君はうまくいっていなかった。自我を取り戻したタリカは、憎《にく》き君を嵌《は》めるために作家活動のことを暴露《ばくろ》し、さらに君を強姦魔《ごうかんま》に仕立てるべく芝居《しばい》を打ったというところか」

キースが無言で頷《うなず》くと、ジェロームは男らしい顔を微《かす》かに歪《ゆが》めた。

「タリカが呪術の反動で二人分の人格を持つようになったということは、父上もご存じだ。だから父上も、『タリカがキースに襲《おそ》われた』という点に関しては、疑問を抱かれているご様子だった。『優しいタリカ』がこのようなことをするはずがないとお思いなんだ」

「……それは、ありがたいことです。しかし、この状況をどう打破《だは》すれば――」

「それなのだが……一番手っ取り早いのはタリカを捕まえて自白させ、少なくとも君の婦女暴行未遂罪を取り下げさせることだが――まあ、難しいだろうな」

ジェロームもまた、「元々のタリカ」に苦汁《くじゅう》を飲まされた経験のある人物だ。キース以上に被害を被《こうむ》ってきたと言っていい。

タリカがますますつけあがる前に婚約破棄《はき》を言い渡したジェロームだが、彼女の苛烈《かれつ》で鬱陶《うっとう》しい性格は熟知している。だからこそ、「タリカを引っ立てて自白させる」ことがいかに難しいか、よく分かっているのだ。

おまけに今は本性を露《あら》わにしているとはいえ、ブラックフォード公爵や使用人など、大半の人間は今のタリカを「改心した優しいタリカ」だと認識している。

彼女の演技のうまさはキースも身にしみて感じたところだし、ブラックフォード家をはじめとした者たちはタリカを庇《かば》い、守るはずだ。

ふと、キースは目を瞬《しばたた》かせた。

「……一人、協力してくれそうな人がいます」

「誰だ？　ブラックフォード家の人間か？」

「マリィという侍女です。彼女はタリカの侍女で、俺の秘密を知っていた数少ない人物。彼女ならタリカの呪いのことも知っているかもしれません」

マリィと二人でゆっくり話をしたことはない。しかし、いつもタリカの側にいて、彼女のちょっと変わった趣味《しゅみ》も理解していたマリィなら、何か知っているかもしれない。

煮《に》え湯を飲まされたのだと思っていた。自分の密《ひそ》やかな想いを全て否定されたのだと思っていた。

だが、そうではない。先日のタリカは、自分が好きになったタリカではなかった。

希望の光が見えた気がして、キースは姿勢を正す。

(このまま泣き寝入りなんてするものか。俺への罰《ばつ》は甘んじて受けるが、ラトクリフ家や出版社への誹謗《ひぼう》中傷、殿下への民の信用失墜は――なんとしても挽回《ばんかい》しなければ)

ジェロームとの話を終えたキースは、馬車に乗って帰宅した。

普通なら、公爵令嬢に暴行を働いた男が馬車に乗って優雅《ゆうが》に帰宅することなどできないのだが、国王と王妃、そしてジェロームが野次馬《やじうま》を制してくれたようだ。

王族たちは、タリカの身に起きたことを知っている。だから「もしかすると……」と察《さっ》しが付き、必要以上にキースを刺激したり部外者が口を挟《はさ》んだりしないよう、規制してくれているのだ。

（……だが、陛下たちのお手を煩《わずら》わせるわけにはいかない）

事態が長引けば、国王たちにも累《るい》が及《およ》ぶ。

屋敷《やしき》に戻ってきたキースは、自分を取り囲もうとする野次馬《やじうま》たちをぎらりと睨《にら》んだ。

すると、それだけで皆勢いを失い、蜘蛛《くも》の子を散らすように逃げていった。ゴシップネタが好きでラトクリフ家に押しかけた連中は、こんな状況でも堂々としているキースに喧嘩《けんか》を売るほど、肝《きも》は据《す》わっていなかったらしい。

（殿下がマリィに連絡を取り、出版社にも兵を向けて安全の確保をしてくださっている）

渦中《かちゅう》の人間であるキースは「今はおとなしくしているべきだ」と言われたが、だからといって何もせず手をこまねいて待つわけにはいかない。

タリカが呪術を使ったのなら、それに関する書籍などを探すことができる。

呪術が規制されている今、探し出すのは難しいだろう。

しかし、根っからのお嬢様で世間知らずだったタリカでも呪術に関する本を入手できたのだから、キースにもできなくはないはずだ。

（屈《くっ》してなるものか。……あんたには負けない、タリカ・ブラックフォード）

家族や王家の皆、出版関係者などの名誉を取り戻すために。

そして、キースが恋をしたあの優しいタリカを取り戻すために。

＊　＊　＊

「……何？　解雇《かいこ》？」

審問から数日後、ジゼルが読み上げた書状の内容に、キースは裏返った声を上げる。

彼女は「キース様はそういうタイプじゃないです」という微妙な理由から、キースの身の潔白《けっぱく》を信じてくれ、事態の収拾に向けて精力的に協力してくれていた。

――だが、彼女が読み上げてくれたジェロームからの書状の内容は、いただけないものだった。

「はい。マリィはタリカ様が病気から回復なさった翌日、突然解雇《かいこ》されたようです。理由までは分からないそうですが、タリカ様との関係が悪化していたという噂《うわさ》があるらしく……実家に帰ったとのこと。その後のことは判明していません」

「……臭いな」

キースの呟《つぶや》きに、ジゼルも頷《うなず》いた。

マリィが何か鍵を握《にぎ》っているかもしれない。だが彼女は「元々」のタリカとの関係が悪くなり、あっという間に解雇《かいこ》させられた。行方《ゆくえ》もはっきりしていない。

（マリィが解雇《かいこ》され、行方《ゆくえ》不明。ブラックフォード家の助力を求めることは不可能。それなら……）

「……分かった」

キースは立ち上がると壁際《かべぎわ》に向かい、薔薇《ばら》のレリーフが刻《きざ》まれた木製の衣装棚《だな》を開けた。その棚《たな》に収められているのは普段着ではなく、可愛らしいドレスやアクセサリー、カツラなどだ。

そう、ここはキースが女装する際に使用するグッズの保管場所なのだ。

最初はカツラ一つとドレス一着だけだったのだが、ジゼルの趣味《しゅみ》でどんどんバリエーションが豊かになっている。

「黒は……今まで使っていたからだめだ。……ああ、このアッシュブロンドなんてよさそうだ」

ごそごそと中を漁《あさ》るキースを、最初ジゼルは呆然《ぼうぜん》と見守っていた。だがやがて、「え、ちょっ」と掠《かす》れた声を上げる。

「……まさかご自分で調査をしに？　そのために女装を⁉　ただでさえ女装趣味《しゅみ》の男だと噂《うわさ》されているのですよ！」

「分かっている。だが背に腹はかえられない。それに――」

キースは息を吸い、灰色の巻き毛のカツラを手に声を上げた。

「……女装は、法律で禁じられていないっ――！」

キースはジゼルに「俺を少女に仕立てろ！」と命じ、彼女渾身《こんしん》のメイクによって灰色の巻き毛が愛らしい素朴《そぼく》な少女に変貌《へんぼう》を遂げた。

色々思うところはあるが、今はウダウダ言っている場合ではない。

今のキースは、貴族の屋敷《やしき》に仕える侍女見習いといったところ。

派手すぎず、地味すぎず、見る人の印象に残りにくそうな娘だ。少女にしては少々背が高いのだが、男らしい体付きはフリフリの可愛いドレスやケープ、装飾品などでごまかした。

やはり色々思うところはあるが、事件解決のためだと腹を括《くく》ることにした。

(情報収集の基本は、怪《あや》しい場所を探《さぐ》ることからだな)

主人のお遣いといった風を装《よそお》って、手提《てさ》げ籠《かご》を持ったキースは、城下町の華やかな大通りから少し外《はず》れた裏道に入った。

ここら一帯は、違法な店が軒《のき》を連ねており、道行く者たちの風体もどことなく怪《あや》しい。

こういった連中の取り締《し》まりに、ジェロームたちは頭を悩《なや》ませているようだ。しかし、裏商売によってかろうじて生きている者がいるというのも事実。

結果、現在も様子見が続いている状態だ。

(昔、この辺りで呪術の闇《やみ》取引も行《おこな》われていたらしいな……)

グランフォード王国では呪術の使用が禁じられているが、他国では呪術研究を行《おこな》っていたり、まだ呪いの道具があたりまえのように存在していたりと、国によって扱いが全く違う。

そのため、他国から輸入してきた怪《あや》しい道具を売ったり、密入国した呪術師が自分の呪術を商売に使ったりということが、華やかな王都の裏で行《おこな》われているのだ。

(きっとタリカも、こういう場所を探《さぐ》らせていたはずだ)

帽子《ぼうし》を目深《まぶか》に被《かぶ》り、キースはめぼしい店や人物を当たっていくことにした。根気ならある方だし、話術だって鍛《きた》えている。

裏道はとにかくガラが悪く、キースの姿を見てナンパしてくる者や体に触《ふ》れてこようとする者がこれでもかというほどいて、正直げんなりした。

さすがに触られそうになったら手刀《しゅとう》と蹴《け》りで撃退した。

だが、治安維持という意味で、いずれジェロームにも相談したいところだ。

そんな裏活動を始めて、早数日。

（そう簡単にはいかないか……）

今日も今日とて女装をして下町に潜《もぐ》り込んだキースは、こってりと紅《べに》を塗《ぬ》った唇をぎりぎりと引き結《むす》んだ。

色々問題が起きたことでキースは現在休学中なので、時間だけはある。だから毎日裏通りで調査をしているのだが、得られた情報数よりナンパされた回数の方が多いくらいだ。

（くそっ、あのジジイ、一発殴《なぐ》っておけばよかった！）

先ほど酔《よ》っぱらいに掴《つか》まれた腕《うで》は、今でも鳥肌が立っている。

ぞわぞわする腕《うで》をぎゅっと掴《つか》みながらキースは心の中で叫んだ。とはいえ、ジゼルのような女性ではなく男の自分が来てよかったとも思っている。

（それに、これは俺がやらないと意味がない。これ以上、ジゼルの、父上や兄上たちの、ジェローム殿下の迷惑《めいわく》になるわけにはいかないんだ！）

そしてもちろん、タリカのためにも。

キースがツバの広い帽子《ぼうし》の下でぐっと唇を噛《か》んだ、その時。

「おや、こんな汚い路地裏に天使が舞《ま》い降りたようだね」

決意を固めた直後に、背後からへらへらとした声がかかった。

またナンパか、と無視しようとしたが、キースははたと動きを止めた。

この声、この喋《しゃべ》り方には、聞き覚えがある。

キースは振り返った。彼の十歩ほど後方、薄暗い路地裏の地面に積み上げられた木箱に、一人の青年が腰掛けていた。

彼が「よっ！」とウインクを飛ばしてきたので、キースはざあっと赤面して一歩後退する。

（どうして、ここに、こいつが⁉）

「お、おまえ……！」

「おやおや、そんな乱暴《らんぼう》な口調はダメだよ、キース君？」

「うるさい！　ロイ・スミス！　どうして俺だと分かったんだ⁉」

キースは今、いつもとは違う雰囲気の女装をしている。もちろんこの格好でロイに会ったことはない。

「それは内緒」

「こ、この……！　そんなことより、なんでおまえがここに⁉」

「うーん……路地裏を歩いてたら、初《うぶ》そうで可愛い子を見つけたから、かな？」

青年ことロイ・スミスは色っぽく笑い、キースの腰に手を回してきた——ので、遠慮《えんりょ》なく手首を掴《つか》んで捻《ひね》り上げてやった。

「あいててて！　僕の繊細《せんさい》な手を壊すつもりかい⁉」

「うるさい変態！　おまえには色々言いたいことがあるが、今はおまえのおままごとに付き合っている暇《ひま》はない！」

「えー、それは残念。僕も君たちと同じく、可愛い妖精《ようせい》ちゃんを助けたいと思っているのに」

ロイのおどけたような言葉に、キースは手首を捻《ひね》り上げる力を弱めて、うろんな目を向ける。

（……君「たち」だと？　いや、妖精《ようせい》ってまさか、こいつ――）

キースが怒りを収めたからか、ロイは自分の手を引っこ抜いてひらひらと振る。そして真意の読めない笑みを浮かべて、背後のドアを指差した。

「今はいがみ合っている場合じゃないよね。……あっちにいるレディが、君に会いたがっていた」

「レディ？」

「妖精《ようせい》ちゃんの侍女だよ。……ああ、今は『元』が付くんだっけ」

「――何っ⁉」

こちらを見るロイは、不敵《ふてき》に微笑んでいた。


ロイが案内した先は、狭《せま》くて薄暗い酒場だった。こういった店は夜に繁盛《はんじょう》するので、こんな日の高いうちから入り浸《びた》る者はいない。

そんな人気のない酒場に、一人の若い女性がいた。

頭からフードをすっぽり被《かぶ》っていた彼女は、はっと息を呑《の》んでフードを取り払う。その顔を見て、キースは声を上げた。

「あんたは……マリィか！　よかった、無事だったんだな！」

「あ、えっと……その声はキース様、ですよね？」

親しい人と再会できたことで高揚《こうよう》した気持ちが、瞬時《しゅんじ》に萎《な》えた。

そういえば、今の自分は女装をしているのだった。

しばし、酒場にえも言われぬ空気が流れる。ドアを閉めたロイが咳《せき》払いをして二人に座るよう促《うなが》したので、ひとまず気まずい雰囲気は消え去った。

「ここ、二階が僕の住居兼アトリエなんだ。酒場のマスターが大家で、今は僕たちのためにここを貸してくれている。だから、遠慮《えんりょ》なく話をしようね」

「話って……」

いまいち流れに乗れないキースに、向かいに座るマリィが口を開いた。

「キース様。わたくしがタリカ様に暇《ひま》を出されたことは、ご存じですよね」

「ああ、殿下が調査をしてくださったからその伝手《つて》で聞いた。……タリカと仲違《なかたが》いしたそうだな」

「……はい。タリカ様は病《やまい》から回復した後、急にわたくしへの当たりが厳しくなり……すぐに解雇《かいこ》を言い渡されました」

「実家に帰ったとの噂《うわさ》もあったのだが、そうではなかったのか？」

「帰ろうとも思ったのですが、いきなり豹変《ひょうへん》したタリカ様を放ってはおけず……かといって相談できそうな人もいなくて困っていたところ、ロイ様にお声をかけていただいたのです」

キースが隣に座るロイを見やると、彼は「そういうこと！」と無駄にウインクを飛ばす。

「僕も、キャサリン先生の噂《うわさ》は気になっていてね。ちょっと調べたら、ブラックフォード家の令嬢が支援しているということだったから、探《さぐ》りを入れていたんだ。そうしたら、路頭《ろとう》に迷っているレディを見かけてね。協力することにしたんだ」

どうやらロイは最初、キースやタリカを調べるためにマリィに目を付けたそうだ。

しかし、彼女が本気で困っていること、そしてタリカたちを救いたいと思っていることを知って考えを改め、マリィに空《あ》き部屋を貸したり、調査を手伝ったりすることにしたらしい。

（……こいつ、そんな善人だったのか？）

キースが疑わしい目をしていたからか、ロイはふと真面目な顔になった。

「……あのさ、僕も聖人君子じゃないから、善意だけでこんなことしないよ。小説の面白さを理解しない頭でっかちな貴族に、これ以上作家や出版社がこき下ろされるのは、僕も我慢できないわけ。今日君を捕まえたのだって、偶然じゃなくて必然。ラトクリフ家の裏門から出てきた君を尾《つ》けてきたんだよ」

つまりキースが厄介《やっかい》なことをしたおかげで、作家として生活しているロイにまで累《るい》が及《およ》んだのだ。

だから彼はマリィに助力を申し出て、キースを待ち伏《ぶ》せし、ここに連れてきた。

（……そう、だな。俺のせいで出版社の皆も、他の作家仲間も汚名を着せられている……）

キースは唇を噛《か》み、帽子《ぼうし》を脱いで頭を下げた。

「……あんただけに謝っても仕方ないと分かっている。だが、無関係のあんたたちにまで迷惑《めいわく》をかけたこと、本当に申し訳ない」

「気にしないで。作家仲間たちには僕からも連絡しているし……ほら、可愛い顔が台無《だいな》しだから、顔を上げて？」

「あんたやっぱりうざい」

「あはは、どうも！　……まあ戯《たわむ》れはここまでにして」

ロイは一気に神妙《しんみょう》な態度になり、マリィを見やった。

「こちらのレディが一生懸命に情報収集してくれてね。ひょっとしたらお嬢様を助けられるかもしれない」

「何っ、本当か!?」

「……元々わたくしは、タリカ様の命令で呪術関連の道具を集めました。あの時はタリカ様が呪術を失敗して、体調を崩《くず》されたのだと信じることにしましたが――こうなったのも、タリカ様をお止めできず保身のために命令に従ったわたくしの咎《とが》です」

マリィは固い声で言い、肩から提《さ》げたバッグから古びた本を取り出した。

「これは、闇市《やみいち》で手に入れた呪術関連の書物です。法外な値段をふっかけられたので、文無《もんな》しになってしまいましたが、なんとか入手することができました」

マリィの説明で、キースは彼女がロイの厄介《やっかい》にならざるを得なかった状況を察《さっ》した。そして、彼女にそのような辛い思いをさせてしまったことに、胸が痛くなる。

「そうか……君の働きはすばらしい、マリィ」

「いえ、そんなことありません。……ただ、こちらの書物は、わたくしが以前タリカ様に命じられて購入した書籍より古くて、解読に時間がかかっているのです」

「……あ、これって古代語じゃないか」

マリィから受け取ったぼろぼろの本を開き、キースは唸《うな》る。

国の言語は共通だが、数百年前使われていた「古代語」は現代と言い回しやフレーズ、単語がかなり違う。

そのため、古代語を習った者でないと読解は非常に難しい。

そう、貴族向けの学校で授業を受けた者でないと――

「俺が解読する」

キースはそう宣言した。

マリィは下級貴族の娘だろうが、そこまでの高度教育は受けていないようだ。ロイに至っては平民だから、一般市民向けの学校で古代語講読の授業があるとは思えない。

キースの通う学校では、古代語なら、選択科目にあった。

キースはそれを受講していたので、すらすらとまではいかないが、マリィたちよりずっと効率よく現代語訳することができる。

キースの言葉にマリィはほっとしたように頷《うなず》き、ロイも満足そうに微笑んだ。

「それは僥倖《ぎょうこう》。……それじゃあ、事件解決までこの酒場は日中貸し切るから、ここで作業をすればいいよ。必要なものは僕たちで協力してそろえ、ここの倉庫にしまっておこう」

「すまない、助かる」

「どういたしまして。それじゃお礼に、元気になった妖精《ようせい》ちゃんのキスを――」

「却下」

キースとマリィの声が重なった。


一人は、真心込めてお仕えしていた主《あるじ》に捨てられた侍女。

一人は、平民階級の作家。

一人は、侯爵家の次男でありながら庶民の読み物を書く子息。

境遇《きょうぐう》は異なれど、三人の目的は同じ。

自分たちを苦しめ、貶《おとし》めた女に報復するため。

そして、その女と同じ体を共有する優しい女性を取り出すため。

三人は手を取り合ったのだった。

＊　＊　＊

タリカ・ブラックフォードは満悦《まんえつ》の表情で父親に寄り添っていた。

「お父様、長らくご迷惑《めいわく》をおかけしました」

「……いや、おまえが無事ならいいのだよ。もう気持ちも落ち着いたか？」

「ええ、おかげさまで。マリィがいれば心強かったのですが、我が儘《まま》は言えませんね……」

父親に気遣われて、タリカはしおらしく言う。

父は、優秀な侍女マリィがタリカの命令によって解雇《かいこ》させられたことを知らない。それどころか、ここしばらく娘の周りで何が起きているのか、さまざまな出来事の真実がなんなのか、何も知らないはずだ。

ちょろいものだ、とタリカは天使の笑みの裏側で嗤《わら》う。

ジェローム、出版社、マリィ——そして、キース。

邪魔《じゃま》なものは、取り払った。後は、「私はかわいそうな被害者です」という面を装《よそお》っておとなしく過ごせばいい。

大笑いしたくなるのを堪《こら》えてタリカが微笑んでいると、親子がくつろぐ応接間に使用人がやって来て、一礼した。

「失礼いたします、旦那様、お嬢様。お客様がお越しで、お嬢様との面会をご希望とのことです」

「客？　今日はお父様もお休みだというのに」

タリカは身を起こし、小さく唇を尖《とが》らせた。この表情がとても可愛らしく見え、親や使用人たちの心を揺《ゆ》さぶると彼女はよく知っている。

「わたくしにはこれといった用事はありません。追い返しなさい」

「——タリカ」

タリカの命令に続いて、静かな声が部屋に響いた。

使用人が開けた、ドアの前。そこに立っていた人物たちの姿を見て、父に対して甘えた態度を取っていたタリカは瞬時《しゅんじ》に表情を強張らせ、そしてゴミ虫を見るかのような眼差しになった。

（……まあ、それもそうだろうな）

使用人が開けたドアの前に立つキースは、冷静に思った。

彼女の前に現れたのは、肩から大きめの鞄《かばん》を提《さ》げたキースを筆頭《ひっとう》に、自分が解雇《かいこ》したはずのマリィ、そして優美な美貌《びぼう》を持つとはいえ平民で小説作家であるロイ。

タリカにとっては、顔を見るのも腹立たしい三人組だろう。

「お、おまえたち、誰の許可があって我が公爵家に足を踏《ふ》み入れているの!?」

「……私だよ」

キースたちの背後から声がする。

彼らがさっと道を譲《ゆず》った先、護衛を連れて姿を現したのは、王太子ジェロームだった。

彼の姿を見て、いよいよ彼女はそれまでのしおらしい態度を一変させ、目をぎらぎらさせながら詰《つ》め寄った。

「……どいつもこいつも！　出てお行き！」

「止めなさい、タリカ」

「お父様！　どうして……」

父親に弱々しく呼び止められたことで、タリカはぎょっとして振り返った。その隙《すき》に、キースとマリィの間をするりと通り抜けたジェロームが大股でタリカに歩み寄り、片腕《うで》で軽々と彼女の体を拘束《こうそく》した。

案の定、タリカはジェロームの腕《うで》の中で大暴れし、ぎゃあぎゃあとわめいている。

「は、破廉恥《はれんち》ですわ！　王太子殿下といえど、許《ゆる》される行為ではありません！」

「君が破廉恥《はれんち》という単語を理解していたとは思わなかった。これまでの君の行動こそ破廉恥《はれんち》を体現していると思うのだが」

いつも冷静なジェロームが相手を煽《あお》るとは、珍しい。落ち着いているように見えて、内心かなりタリカに腹を立てているという証拠《しょうこ》だろう。

（……さっさと済ませるべきだな）

マリィとロイには壁際《かべぎわ》で待機《たいき》するよう指示し、キースは鞄《かばん》の中に片手を差し入れつつ、タリカに歩み寄った。

……彼女から漂《ただよ》ってくるのは、きつすぎる薔薇《ばら》の香り。「タリカ」――キースが恋する女性とは全く違う、蠱惑《こわく》的で妖艶《ようえん》な香りだ。

「……俺たちは今日、あんたの罪を暴《あば》くために来た」

キースが切り出すと、派手に抵抗することを止めたタリカが、ふてくされた顔でこちらを見た。なけなしの抵抗のつもりなのか、後ろ足でジェロームのふくらはぎを蹴《け》りながら。

「……あ、そう。わたくしがおまえの秘密をばらしたことの？」

「それに加えて、俺を犯罪者に仕立てたこと、あんたがかつてジェローム殿下を呪殺しようとしたことも、な」

丁寧に罪状を追加してやると、タリカは鼻に皺《しわ》を寄せた。

そんな顔をしても生まれ持った美貌《びぼう》を損《そこ》なわないというのが、キースは腹立たしい。

「……あら、おかしいわね？　わたくしが殿下を呪い殺そうとしたというのは、陛下もご存じのはず。その上で陛下は、ブラックフォード家の取り潰《つぶ》しを条件にわたくしの罪を水に流してくださったのでしょう？」

訳知り顔で話すタリカにキースは最初首を傾《かし》げたが、すぐに納得《なっとく》がいった。

(……ああ、そうか。こいつも、「タリカ」だった頃の記憶があるのか)

キースは頷《うなず》き、鞄《かばん》から丸めた書状を取り出した。これは今朝ジェロームが用意してくれた、国王直筆の書状の一部だ。

「……確かに、陛下は殿下の呪殺未遂事件に関してあんたを罪に問わないとおっしゃった。でもそれは、その時に中にいたのがあんたじゃなくて、『優しいタリカ』だったからじゃないのか？」

キースが手にした書状には、以前王家とブラックフォード家間でなされた「ジェローム王子呪殺未遂事件の始末《しまつ》」について書かれている。

当時の様子をキースは実際に見聞きしていないのだが、今日ブラックフォード家に乗り込むにあたって、ジェロームが国王に書状の持ち出し許可を申請してくれたのだ。

(陛下は書状の持ち出しに許可をくださった。……つまり、この場で俺たちがタリカの罪を裁《さば》くことに、陛下も同意なさっている)

タリカもそのことに気づいたようで、それまでは少々取り乱しつつも余裕《よゆう》の笑みを浮かべていた彼女の顔に、僅《わず》かだが焦《あせ》りの色が見えた。

（「優しいタリカ」の思いに付け入って、自分が復活した後ものうのうと生き延びようとしたみたいだが……そうはさせない）

「王族の殺害容疑は、よくて本人の極刑、最悪一族全員始末《しまつ》だ。今回の場合、法で禁じられている呪術を使って王太子を呪殺しようとしたんだから、タリカ、あんたの極刑は免《まぬか》れない」

本日ジェロームが連れてきた護衛は、いつぞやキースを審問した審問官の一人だ。

彼は法政部に所属しており、この場でキースやジェロームがタリカを裁《さば》く様を監視《かんし》し、上に報告する権利を持つ。

彼とも事前に打ち合わせをしているので、この場でタリカへの処罰《しょばつ》を破棄《はき》できる者はいないし、それは許《ゆる》されないことなのだ。

キースはちらっと、部屋の向こうにいる青い顔のブラックフォード公爵を見る。

（さすがに実父である公爵にとってはお辛いことだが……こうするしかない）

「まずは、教えてくれ。タリカ、どうしてあんたは元に戻った後、俺の秘密をばらしたり俺を犯罪者に仕立てたりしようとしたんだ」

どうして、わざわざ多くの人を混乱させ、傷つける行為をしたのか。

それは、タリカに理不尽に解雇《かいこ》させられたマリィや、出版社に対するバッシングによって心を痛めているロイも、気になっていることだ。

問われたタリカは眉根を寄せ、「何を言ってんだこいつ」と言わんばかりの眼差しをキースに向けた。

「……そんなの、言うまでもないでしょう。愚《おろ》かな男ね」

「言わねば分からない。言え」

「……わたくしはただ、あの女が好き勝手してくれたことをそのまま返しただけ。公爵家の名に泥《どろ》を塗《ぬ》るような真似をしたのだから、原因を作ったマリィを追い出す。卑《いや》しい書物を生み出す出版社を潰《つぶ》す。気持ち悪い趣味《しゅみ》を持つおまえの噂《うわさ》を流し、罪を着せることで消す。異物を取り除《のぞ》き、あるべき姿に戻しただけ。……それの何が問題なの？」

淡々と告げられた言葉に、背後でマリィが息を呑《の》み、ロイが舌打ちしたのが聞こえた。

タリカは、目覚めてから自分がしでかしたことに、何一つ罪悪感を抱いていないのだ。

嫌いな人間だから、追い出す。

目障《めざわ》りな存在だから、消す。

自分とは異なる趣味《しゅみ》や見解を持つ者だから、約束を破って犯罪者に仕立てる。

確かに、「優しいタリカ」はタリカ・ブラックフォードの体で好きなように振《ふ》る舞《ま》った。高位貴族の令嬢でありながら小説を読むというのは、外聞が悪い。

（でも……そんなタリカを俺たちは受け入れたし、好ましいと思っていた）

マリィをはじめとしたブラックフォード家の使用人たちは、お嬢様のことが好きになった。

ブラックフォード公爵は、健気《けなげ》なタリカを支援したいと申し出た。

ロイや出版社の者たちは、タリカの正体を知らなくても彼女を歓迎してくれていた。

ジェロームや国王も、タリカが第二の人生を幸せに歩めるよう支援してくれた。

そして――キースは、そんなタリカだから、好きになった。

「……ずいぶんな言い様だな。汚名にまみれた人間となって目を覚ましながらも、あいつは名誉挽《めいよばん》回《かい》のために自分にできることを精一杯していた。……今城内では、あいつが自己改善したのだと、皆前向きに捉《とら》えている。なのに、あんたはタリカが生み出した結果だけを横取りし、あいつの好きなものを否定するというんだな。……愚《おろ》かなのはどちらか」

キースの指摘《してき》に、タリカは焦《あせ》りと怒りがない交ぜになったような表情で唇の端《はし》を吊《つ》り上げた。

「……何にしても、本来この体はわたくしのもの。この体が、本来の持ち主の手に戻ってきただけのことじゃない。あの女は図々《ずうずう》しくも人の体を乗っ取った挙《あ》げ句《く》、好き放題したのだから、わたくしの方こそ被害者だわ」

そして、タリカは横目でキースを見て顔をしかめた。

「……ああ、そうそう。おまえ、身の程もわきまえずにわたくしに触《ふ》れてきたわね」

「俺が触《ふ》れたのはあんたの体かもしれないが、あんたじゃない」

「詭弁《きべん》ですわ。それに……そうだわ。おまえ、わたくしのことが好きになったのでしょう？」

「おい――」

ジェロームが低い声を上げても気にも留めず、タリカは硬直《こうちょく》したキースをあざけるように睥睨《へいげい》した。

「あの馬鹿女はしれっと流していたようだけれど、わたくしはすぐに分かったわ。おまえの汚らしい趣味《しゅみ》を理解したわたくしを信頼し、恋をしたのでしょう？　興味ない、なんて顔をしながら、おまえがわたくしを見る目には、明らかな恋情が感じられましたもの。おほほ……あの女に気づかれる前にわたくしに暴露《ばくろ》されるなんて、かわいそうな男」

「……俺が好きになったのはあいつであって、あんたじゃない」

第三者の前で淡い恋心を暴露《ばくろ》されたというのに、キースの声は落ち着いていた。

だが、隠《かく》しようのない怒りが満ちており、目の前にいるタリカを射殺さんばかりに睨《にら》む。その姿に、タリカは眉間に皺《しわ》を刻《きざ》み、ふんっと鼻で笑い飛ばした。

「同じでしょう。さんざん嫌い嫌いと言っていた女に惚《ほ》れるなんて、屈辱《くつじょく》ではなくて？」

「俺が好きになったのは、読書が好きで、ちょっと馬鹿で、何事にも一生懸命で、他人のことを気遣えるあいつだ。あんたなんかじゃない。俺の秘密をばらしたのも、あんただ。あいつじゃない」

「あら、そう。ま、どうせこれから先、作家活動なんてできないでしょうね。女装をするおまえの姿、傑作《けっさく》だったわよ。これから先、学校にも通えないでしょうね。女装をして恋愛小説を執筆《しっぴつ》する男なんて、気持ち悪いもの」

タリカは怒りを堪《こら》えて唇を噛《か》みしめるキースを一瞥《いちべつ》した後、壁際《かべぎわ》に立っていたロイとマリィを見てますます顔をしかめた。

「……そこの、平民。おまえこそよくも、この体に触《ふ》れてくれたわね。みすぼらしい平民の分際《ぶんざい》で！」

「うーん……それは謝るよ、ごめん。公爵閣下《かっか》も、申し訳ありません。僕、お嬢さんにキスしました」

少しは怯《ひる》むかと思いきや、ロイはあっさりと言って公爵にまでさらっと謝罪したものだから、キースの方が「えっ」と声を上げてしまう。

公爵もまた、いきなり「お嬢さんにキスしました」と言われて目を白黒させているようだ。マリィも、「え、何それ?」とぎょっとして隣のロイを見上げている。

だがロイは誰かが何か言うより早く、さっと頭を下げた。

「タラ――いや、タリカ様がものすごく可愛かったもので。でも、今ここにいるお嬢さんはちょっと僕の趣味《しゅみ》じゃないんで、結構です。すみません」

(……こいつ)

いけしゃあしゃあと言いたいことを述べるロイに、キースは絶句《ぜっく》する。

一般市民でありながら公爵や公爵令嬢に対して、この言い様。一歩間違えれば不敬罪で罰《ばっ》せられてもおかしくない暴言だ。

だが、今この場で彼を引っ捕らえようとする者はいない。むしろキースと同じく皆、「そりゃそうだ」と思っているはずだ。

平民の男にけちょんけちょんにやり込められたからか、タリカは赤かった顔を青白く染めた。

そして、ロイの隣で唇を引き結《むす》んでいたマリィへと攻撃の矛先《ほこさき》を変える。

「……マリィ！　おまえ、わたくしを裏切ったのね！　おまえを侍女として採用してあげたのはわたくしだというのに、そこの平民どもに与《くみ》してわたくしを嵌《は》めたのでしょう！」

美女の睨《にら》みはすごみがある。

睨《にら》まれたマリィは一瞬だけびくっとしたが、すかさずロイが彼女の腰を支えた。

元主《もとあるじ》に怒鳴《どな》られて反射的に怯《おび》えたマリィだが、数度深呼吸するうちに落ち着きを取り戻し、やがて毅然《きぜん》とした態度で胸を張った。

「……裏切ってはおりません。わたくしは、タリカ様のことを思って行動しただけです。わたくしがお慕《した》いし、お守りしたいと思うタリカ様のためです」

凛《りん》としたマリィの言葉が理解できなかったようで、最初タリカは怪訝《けげん》そうに細い眉を寄せた。

だがまもなく、「マリィが仕えているのはもう一人のタリカであり、自分ではない」ということに気づいたらしく、豊かな髪を逆立てて元侍女に詰《つ》め寄った。

「……この、役立たず！　解雇《かいこ》だけでなく、始末《しまつ》しておくべきだったわね！」

「止めろ、タリカ。……見れば分かるだろう。この場に、あんたに味方する者はいない」

ばっさりと切り捨てるキースの言葉に、ジェロームも難しい顔で頷《うなず》き口を開いた。

「タリカ、これは我々の総意だ。……呪術の使用により王太子殺害をもくろんだタリカ・ブラックフォードは極刑に処《しょ》す。――その体を、おまえの身勝手な行動で苦しめてきた女性に譲《ゆず》り渡すのだ」

「はぁ、あの平民女に？　お断りですわ！　この体はわたくしだけのもの。異世界の女ごときに譲《ゆず》る道理はありません！」

「……タリカ・ブラックフォード様。これは国王陛下のご判断でもあります。あなた様の魂《たましい》を消《しょう》滅《めっ》させ、御身を被害者である女性にお譲《ゆず》りするのです。そうすることで、あなたは罪を償《つぐな》うことができるのです」

「お黙《だま》り！　国王だろうと誰だろうと、わたくしの生きる権利を踏《ふ》みにじることはできません！」

審問官にさえ横暴《おうぼう》な口を利くタリカは、譲《ゆず》るつもりも納得《なっとく》するつもりもないようだ。

「……人の命を奪《うば》おうとした挙《あ》げ句《く》、異世界の女性の魂《たましい》までも奪《うば》っておきながら、よくもそんなことが言える。それでいて、自分の生きる権利は主張するのか……」

キースは呟《つぶや》くと、先ほどから手に持っていた瓶《びん》の蓋《ふた》を開け、中身をタリカの胸元めがけて思いっきりぶちまけた。

中に入っていたのは、呪術書に記《しる》されていた「魂《たましい》の束縛《そくばく》解除」の液体。

キースが解読し、マリィが情報を仕入れ、「僕っていろんなツテがあるんだよねぇ」と言うロイが手に入れた怪《あや》しい臭いのする液だ。それをぶつけられ、胸元を緑色に染めたタリカは目を見開いた。

「よ、よくも！　キース・ラトクリフ！」

「黙《だま》っていろ。それで……なんだったか。彼女の本当の名前を呼べばいいんだよな」

キースは静かに言った。

それまではジェロームに取り押さえられながら暴れていたタリカは、胸元の液体がじわじわ染み込んでいくにつれて力を失う。やがてジェロームが手を放しても暴れなくなった。

（……液体の効果で、今のタリカは抵抗力が弱っている。今、タリカの中には二人分の魂《たましい》が入っ

ているから、片方だけ残すよう指示を出す必要がある）

呪術書の言葉遣いは非情に回りくどくて読解が大変だったが、要するに「残したい方の魂《たましい》の名を呼べばよい」とのこと。

つまり、「優しいタリカ」が異世界で暮らしていた頃の名を呼べば彼女が反応し、弱っている元のタリカを追い出すことができるのだ。

タリカは体をフラフラさせているが、挑戦的な笑みを浮かべていた。

「……そう、そこまで知っていたのね。でも、残念。あなたたち、あの女の本名を知っているの？」

「それは……」

ジェロームが渋《しぶ》い顔をする。

そんな中、キースは息を吸って一歩前に進み出た。

確かに、「優しいタリカ」のかつての名を尋ねたことはなかった。

だが、キースにも全く勝算がないわけではない。そもそも彼は、勝ち目のない戦いを挑《いど》むたちではないのだ。

最初は、魂《たましい》の束縛《そくばく》を解除するためにタリカの本名が必要だと知り、キースたちは絶望《ぜつぼう》した。

三人とも、タリカの本名を知らなかったからだ。そして急ぎジェロームやブラックフォード公爵にも確認を取ったのだが、誰一人として聞いたことがなかった。

これでは悪女タリカを屈服《くっぷく》させ、皆が愛する「優しいタリカ」を取り戻すことができない。そう思われたのだが――

もしかして、とキースは思い至った。

それはかつて、キースがタリカに、小説の登場人物の名前を付けるよう頼んだ時のこと。タリカは、「ある異国風の名前」を口にしていた。

不思議な名前に思わず聞き返したら、彼女は慌《あわ》てて撤回《てっかい》していたが、キースはずっと疑問に思っていた。

交友関係が狭《せま》くて、異国の知識にも疎《うと》いはずのタリカが、あんな不思議な響きの名前を自然と口にするものだろうかと考えていたのだ。

その時彼女が言った名前を口にしたところ、マリィがはっと息を呑《の》んだ。どうやら「優しいタリカ」はよく寝言を言っていて、何度かその名も呟《つぶや》いていたらしい。

絶対に正しいとは言い切れない。だが、勝算はある。

「――」

キースは、「その名」を呼んだ。

戻ってきてくれ、また微笑んでくれ。

そんな思いを込めて、不思議な響きを持つその名前を呼ぶ。

意を決してその名を呼んだキースが息をつく正面では、タリカが怪訝《けげん》そうな顔をしていた。だが彼女はすぐに目を見開き、喉《のど》を手で押さえてがくっと膝《ひざ》を折る。

「ば、馬鹿な……どうして、あの女の、名前を――」

「確かにタリカにかつての名前を尋ねたことはないが――あいつはあんたと違って分かりやすくて、

素直だ。その言動を見ていれば、自然と気づくさ」

キースはさらっと言ってのけたが正直、心臓はバクバク脈打っており、「正解していてよかった」という安堵《あんど》で体から力が抜けないようにするので精一杯だった。

喉《のど》を押さえて悶《もだ》えるタリカは顔をしかめて手を伸ばすが、誰一人として彼女に手を貸そうとしない。

父親であるブラックフォード公爵でさえ、苦痛に耐えるような表情ではあるものの、ジェロームの隣から動こうとしなかった。

「なぜ、なぜ、わたくしだけが——憎《にく》い、憎《にく》い！　ああ、どうして、どうして思いどおりにならない！　どうして、わたくしではなくてあの女が求められる——！」

「……それがどうしてなのか分からないから、君は選ばれなかったんだ」

静かに諭《さと》すようにジェロームが言い、公爵も両手を震《ふる》わせながら「タリカ」と呼ぶ。

「おまえは、罪を償《つぐな》うべきだ。後のことはお父様がするから、おまえはしっかり反省し、罪を償《つぐな》いなさい。そうするべきなのだよ」

「……お父様、まで……」

ロイに馬鹿にされたことやキースに言いくるめられたこと、マリィに見捨てられたことやジェロームに叱《しか》られたこと。そんなことよりも、たった一人の家族である父親に突き放されたことが、タリカにはショックだったようだ。

タリカのうつろな目が父、ジェローム、ロイ、マリィの順に向き——最後に、キースに向けられた。

床に膝《ひざ》をつき、情けない格好《かっこう》をしているタリカは、忌々《いまいま》しそうにキースを見ていたが、やがてふっと引きつった笑みを浮かべる。

「……ふ、ふふふ。そう、わたくしの負けなのね――でも、かわいそうに。ああ、かわいそうなことね……」

「うるさいから、さっさと消えてくれ」

「おほほ……いいのかしら？　……教えてあげるわ、キース・ラトクリフ」

タリカは声量を落とし、目の前にいるキースにしか聞こえない声で何かを囁《ささや》いた。

するとキースは目を見開き、「えっ」と小さな声を漏《も》らす。

タリカは満足げににやりと笑うと、前髪を掻《か》き上げた。

「……ふ、ふふ。ざまぁ、みなさい。――先に地獄で、待っているわ……ふふふ、ふふ……！」

不気味な笑い声を残し、タリカはふっつりと糸が切れたかのようにその場に倒れ込んだ。

ジェロームとブラックフォード公爵が彼女に駆《か》け寄り、マリィが部屋の外にいる使用人たちを呼びに行く中。

「……やれやれ、これで一段落ついたか。……キース君？　どうした？」

気障《きざ》っぽく前髪を掻《か》き上げたロイが、その場に立ち尽《つ》くすキースに気づいて声をかける。

だがキースは何も言わず、倒れ伏《ふ》したタリカを呆然《ぼうぜん》と見つめていたのだった。

第5章　ほんとうのタリカ

グランフォード王国に、夏が訪れた。

キース・ラトクリフは馬車から降りると、同乗していた侍女ジゼルから花束を受け取った。

「それじゃあ、行ってくる」

「はい。お待ちしております」

ジゼルが見守る中、キースはブラックフォード家の門をくぐった。

本日キースが訪問することはあらかじめ伝えていたため、玄関ポーチで執事や侍女たちが出迎えてくれる。

「ようこそいらっしゃいました、キース・ラトクリフ様」

「失礼する。……この花を、タリカに」

そう言ってキースが花束を差し出すと、マリィが受け取った。マリィは花を見て、ほんのりと微笑む。

「……タリカ様は、派手すぎない柔《やわ》らかい色合いの花が好きだとおっしゃっておりました。きっと、喜ばれますよ」

「それはよかった。では、案内を頼む」

「かしこまりました」

キースの言葉を受け、執事とマリィが動き出した。

キースがブラックフォード家を訪れるのはもう何度目になるか分からないが、勝手知ったる場所とはいえ、自分より格上の貴族の屋敷《やしき》だ。執事たちには申し訳ないが、毎度案内を頼まなければならなかった。

執事に案内されたのは、屋敷《やしき》の二階。

執事はある部屋の前で止まり、ドアをノックする。

「お嬢様、キース様がいらっしゃいました」

そう言って執事はドアの前で立ち止まり、キースだけを室内に通した。

キースが入ったのは、タリカの私室。

白やピンクを基調とした可愛らしい内装で、端々《はしばし》に乙女趣味《しゅみ》が窺《うかが》える調度品が据《す》えられていた。

ちなみにこの趣味《しゅみ》は「元々のタリカ」のものらしいが、「今のタリカ」もそこそこ気に入っているため、模様替えはせずこのままなのだという。

壁際《かべぎわ》には、空っぽの本棚《ほんだな》がある。

ブラックフォード家の使用人にこっそり教えてもらったところ、その棚《たな》にはタリカや使用人たちで集めた小説が収まっていた――のだが、「元々のタリカ」によって全て処分されてしまったそうだ。

窓辺《まどべ》に、木製の揺《ゆ》り椅子《いす》があった。

そこに腰掛けているのは、オレンジ色の髪の娘。初夏の空にふさわしい薄いブルーのドレスを着ており、全体的に儚《はかな》い印象だ。

揺《ゆ》り椅子《いす》に座ったまま、夏の空に溶けて消えてしまうのではないか――彼女を見ていると、そんな不安さえ湧《わ》いてきた。

「こんにちは、タリカ。キースだ」

キースは柔《やわ》らかい声で呼びかけ、窓辺《まどべ》の椅子《いす》に腰掛けた。

オレンジ色の髪の娘――タリカ・ブラックフォードは先ほどから窓の外に視線を向けたままで、キースが挨拶《あいさつ》をしても、ちらりとも視線を寄越そうとしない。

いや、寄越そうとしないのではない。寄越せないのだ。

約一ヶ月前、キースの呼びかけによって「悪女タリカ」の魂《たましい》は消えた。そして数日寝込んだ後、彼女は目を覚まして、日常生活を送れるようになった。

だが、その赤銅《しゃくどう》色の瞳には一切の感情が浮かんでいなかったのだ。

食事を出されれば食べるし、眠くなれば眠る。

人間として必要最低限の生活を送ることはできているが、ただ動き、生きているだけ。声を出すことも、感情を露《あら》わにすることもなくなってしまった。

また、ふらふらと室内を歩き回ったと思ったら、糸が切れたようにぱたりとその場に倒れてしまうこともしばしば。

呪術にある程度の素質があるという国王は、先日、隣国から客人を招《まね》いた。彼は高名な呪術師の末裔《まつえい》で、国の許可を得て禁忌《きんき》とされている呪術の研究をしているという。

遠路遥々《えんろはるばる》やって来た彼は、王城の兵士に連れられてブラックフォード家を訪問した。そしてタリカを診察《しんさつ》し、「体と魂《たましい》がうまく融合《ゆうごう》していない状態だ」と告げたという。

中途半端な呪術によって「元々のタリカ」の魂《たましい》はいったん抑圧され、異世界で暮らしていた女性——「今のタリカ」の魂《たましい》が体を支配することになる。

だが「元々のタリカ」の抵抗により体調不良になり、「今のタリカ」の精神が弱まった。その隙《すき》を衝《つ》いて「元々のタリカ」が目覚め、件《くだん》の行動に至ったと考えられる。

診察《しんさつ》したところ、今、タリカの体に宿《やど》っている魂《たましい》は一つだけ。

そこから感じられる気配からして間違いなく、「今のタリカ」であろう。だが現在、タリカの体と魂《たましい》が融合《ゆうごう》していないため、言葉を発することや感情を抱くことが難しい状態なのだ——と、彼は説明したそうだ。

これといった解決策があるわけではない。

日常生活はなんとか送れているから、タリカにとって過ごしやすい環境を準備し、体と魂《たましい》が溶け合うまで待つしかないらしい。

それからというもの、キースはまめにブラックフォード家に足を運んでいた。

全ての事情を知ったブラックフォード公爵は、最初は複雑な顔をしていたが、やがてキースの訪問を受け入れてくれるようになった。彼も娘のしでかしたことを重く捉《とら》えていて、キースとは話し合いの末に和解した。

今日も一切反応してもらえないまま、キースはタリカと会を終えて、ブラックフォード家を後にした。

帰り際、廊下《ろうか》に先ほど自分が手土産《てみやげ》として持ってきた花束が飾《かざ》られているのに気づいて、こそばゆい気持ちになる。

だが、きっとタリカがあのみずみずしい花を見ることはないのだろうと思うと、仕方がないと分かっていても切なくなった。

馬車に戻り、そのまま王城へ向かう。

今、兵士に連れられて城内を歩いている間も、あちこちから視線を感じる。それは、好奇の眼差しだったり、訝《いぶか》しげな眼差しだったり――嫌悪《けんお》の眼差しだったり。

仕方ない。秘密をばらされたのは「元々のタリカ」の仕業《しわざ》であり、「今のタリカ」がしたことではない。

ただ、二人が記憶を共有していたのがまずかっただけなのだ。

元々、綱渡《つなわた》り状態で始めた副業だ。どこかに一つでもほころびが生じれば、キースだけでなく他の者たちにも多大な迷惑《めいわく》をかけることになる。

だからこそ、父である侯爵は「絶対に他人に知られてはならない」という条件を出したのだ。

「今のタリカ」なら信頼できると思ったのだが――まさか「元々のタリカ」が戻ってくるとは予想していなかった。

「陛下、殿下。キース・ラトクリフ様をお連れしました」

「入れ」

室内から重々しい声がする。

侍従がドアを開け、キースは一礼して入室し——そして、目の前の光景を目にしてぴしっと凍《こお》り付いた。

「よく来たな、キース」

「こちらへ来なさい、キース・ラトクリフ」

親しげにキースに声をかけるジェロームと、国王。そんな彼らを前にして、なぜキースが固まっ
ているのかというと——

「……そ、その、お二人がお読みのものは——」

「先日、取り寄せてもらったのだ」

そう言ってジェロームは手にしていた本を閉じ、表紙をぽんぽんと手で軽く叩《たた》いた。

見間違えるはずがない。

それは、キャサリン・スノーの人気作であり、現在も続刊を執筆《しっぴつ》中の、『夕日の丘のミリー』第
一巻だ。

ドアの前に突っ立ったままのキースは侍従に促《うなが》され、よろめきつつソファに座った。彼の向かい
に並んで座る国王と王太子は、柔《やわ》らかな笑みを浮かべている。

「私はあまりこういった書物を読まないのだが——なかなか興味深い」

「君は昔から文才に長《た》けていたけれど、まさか自《みずか》ら筆を執《と》っているとは思わなかった。ちなみに私

は、脇役《わきやく》として登場するゲイルという騎士《きし》がお気に入りだよ」

「め、滅相《めっそう》もありません……！」

なんとか絞《しぼ》り出した声は情けないくらい震《ふる》え、背中を冷や汗が伝う。

ジゼルやマリィ、そしてタリカたちに読んでもらう時はなんとも思わなかったのに、陛下や殿下に読まれていると思うと胃がきりきり痛み、いっそのこと失神《しっしん》してしまいたいとさえ思える。

ちなみにジェロームお気に入りだという脇役《わきやく》のゲイルは木訥《ぼくとつ》だが勇猛《ゆうもう》果敢《かかん》な武人で、まさにジェロームをモデルにしていた。それは口が裂《さ》けても言えそうにない。

「……世間では、貴族らしくない行為だから君は活動を止めて謝罪すべきだ、という声も上がっているそうだな」

国王の静かな問いに、キースは硬《かた》い表情で頷《うなず》いた。

執筆《しっぴつ》活動を止める、というのは致し方ないにしても、謝罪まで求められているのだ。いったい誰に、何について謝罪すべきなのか理解しがたいのだが、どうやら「グランフォード貴族としての名誉を汚《けが》す行為だから」だという。

ジェロームもその噂《うわさ》は聞いているらしく、「名誉……か」と苦々しい顔で呟《つぶや》いた。

「確かにグランフォード王国では、王族や上級貴族が架空《かくう》物語を読むことはないし、ましてや自《みずか》ら書くなんて前代未聞だ。……だが、前にも言ったように、その行為は法律に反しているわけではない」

「……はい」

「これは以前、タリカと話をした際にも思っていたのだが……私は、上級貴族が架空《かくう》物語を読むのは恥《はじ》だ、という風習はあってはならないと考えている。そもそも、『貴族だからこれをしてはならない』という括《くく》りを作ってしまう自体、愚《おろ》かしいのではないだろうか」

そしてジェロームは父親と視線を交《か》わした後、キースの本をテーブルに置いた。

「――これは母上から得た情報なのだが、タリカ・ブラックフォードが恋愛小説家を支援しているという噂《うわさ》が広まったためか、貴婦人の中には隠《かく》れて恋愛小説を読む者も現れているという」

「何っ……！」

キースが顔を上げると、ジェロームだけでなく国王もほんのり微笑んで頷《うなず》いた。

「貴婦人のサロンでは、密《ひそ》かに恋愛小説交流会なるものも開かれているようで――このまま『上級貴族が恋愛小説を読んではならない』と声を上げる者たちの言うままになり、君が処分を受けたら……さて、貴婦人たちはどうするだろうか」

「どう、とは――」

「キース、女性というのは集結すればするほど力を増すそうだ」

父王に続いてジェロームも苦笑して言い、分厚い胸の前で腕《うで》を組んだ。

「ひょっとすれば、貴婦人の方から反対の声が上がるかもしれない。娯楽《ごらく》の少ない貴婦人にとって、恋愛小説はいつでもどこでも楽しめるものであり、夢を見られるすばらしい時間なのだそうだ。貴婦人同士での交流の輪も広げられるというのに、禁止されれば、たまらないだろう」

「実はな、キース。王妃は我々より先にそなたの著書を読み、いたく感動していたのだ」

「王妃陛下が⁉」

そろそろ頭から湯気《ゆげ》が立ち上りそうだ。

国民の尊敬を集め、グランフォード中の女性の頂点に立つ王妃。彼女がキースの小説を読み、なおかつ感動していたとは。

つまり、「恋愛小説を読むなんて貴族の恥曝《はじさら》しだ」と主張する者は図《はか》らずも、王妃をも侮辱《ぶじょく》していることになってしまうのだ。しかも彼女がキャサリン・スノーの文章に感動したとなれば、キースを出版界から追放することも、彼に謝罪を要求することもできなくなる。

ある意味、王家の権力を最大限に利用したようなものだ。王妃をはじめとした王家の者たちが架《か》空《くう》小説に理解を示さなかったら、こうもうまくはいかなかっただろう。

「……本当に、これでいいのでしょうか」

キースの呟《つぶや》きに、国王とジェロームは不可解そうな顔をした。しかし、やがてキースの言葉の意味を理解し、表情を緩《ゆる》めた。

「……そなたが罰《ばつ》を受けることなく、『架空《かくう》小説が王族や上級貴族の女性の間で既に読まれているから』ということで全てを終えてしまっていいのか、ということだな」

「はい。私自身が何かをしたわけではありません。私は――自分のしたいことを優先することしかできませんでした。もし陛下たちの存在がなければ、私は貴族の恥曝《はじさら》しとそしられ続けていたでしょう」

「それはそうだが、『かもしれない』をいつまでも引きずっていても仕方あるまい。グランフォード王国の文化に貢献《こうけん》できた、と考えよ」

「陛下……」

「そなたのこれからの活躍《かつやく》を期待しているぞ、キース」

国王の言葉に、キースは深く頭《こうべ》を垂《た》れたのだった。


その後、執務があるということで国王が退席し、キースはジェロームと茶を飲みながら話をすることになった。

「……タリカは、元気そうだったか？」

学校の話をしていたと思ったら、藪《やぶ》から棒《ぼう》にジェロームに問われ、キースは少し驚きつつも頷《うなず》いた。

「……はい。今日も見舞いに行きましたが──元気そうでした」

「そうか……それならばいい」

「元気そうでした」の意味は分かっているはずなのに、ジェロームは精悍《せいかん》な顔を緩《ゆる》め、茶菓子をつまんだ。キースよりも手が大きいので、同じ茶菓子でも彼が手にするとかなり小さく見える。

「──隣国の呪術研究者の報告によると、『元々のタリカ』の魂《たましい》は跡形《あとかた》もなく消えたという。……だが、彼女にさらに思い知らせてやりたいと思っている」

「……消えた人間相手にどうやって、ですか？」

キースの問いに、ジェロームはにやりと笑った。日頃、あまり感情を露《あら》わにすることのない王太子にしては、非常に珍しい。

「簡単だ。『元々のタリカ』は、『今のタリカ』が築《きず》いてきたものを壊そうとした。それなら……私たちの手で、『今のタリカ』を幸せにしてあげよう」

開かれていた窓から、ふわり、と夏の風が吹き込んでくる。

「君の執筆《しっぴつ》活動については、先ほど父上も言われたとおり。そしてブラックフォード公爵の決断により、国民は『今のタリカ』が『元々のタリカ』の犯《おか》した罪をなすりつけられたことも理解している。彼女の人格が変わった理由も明らかになった。……あとは、目覚めた彼女が幸福に生きられるように支援すればいい」

しばし考えた後、キースはゆっくり頷《うなず》いた。

「『元々のタリカ』が『今のタリカ』の築《きず》いたものを壊そうとしたのだから、それを全て修復《しゅうふく》し、塗《ぬ》り替えてしまえば『元々のタリカ』の行動も台無《だいな》しだということですね」

「そう。……そのためにも、君はこれからも国のため、自分のためにやりたいことをすべきだ」

キースは顔を上げた。

ジェロームは風で少しだけ乱れた髪を掻《か》き上げ、頷《うなず》く。

「私は君の友だ。だが友だからという以前に、君の実力と君がこれまで生み出してきた作品を尊重したいからこそ、この提案を申し出ているのだ。……共に頑張ろう、キース」

「殿下……。はい、よろしくお願いします」

「こちらこそ。……それにしても」

ジェロームはテーブルに置いていた小説を手にして、表紙をしげしげと眺《なが》めた後、意味深な笑みをキースに向けた。

「……『今のタリカ』は非常に素直で、よい娘だ。『元々のタリカ』の我《わ》が儘《まま》ぶりには我慢ならなかったが――『今のタリカ』ならば、末永く付き合いたいと思っている」

「……それは、友人として――ですよね？」

「そう怖い顔をするな。ひとまずは友として君の恋を応援するが……彼女の心が揺《ゆ》れぬよう頑張るのだぞ、キース」

「……言われなくても」

強気に言い返しつつも、キースは突如《とつじょ》として降臨《こうりん》した強力なライバルを前にし、内心焦《あせ》るのだった。

一つ、ジェロームにも国王にもブラックフォード公爵にも相談しなかったことがある。

消える直前、悪女は微笑んでキースにしか聞こえない声で告げた。

『わたくしとあの女はね、記憶を共有しているの。皆はわたくしが消え、あの女が目覚めるのを期待するでしょうけれど――本当にそれが最善の道なのかしらね？　案外、目覚めないまま死んでしまう方が幸せかもしれないわね』

悪女は嗤《わら》う。

それは、同じ体を持っているはずなのに、『今のタリカ』とは全く違う、悪意に満ちた笑みだった。

タリカが消滅《しょうめつ》する直前にキースに明かしたのは、タリカがキースを裏切ったことも、誘惑《ゆうわく》して騙《だま》したことも、全て「今のタリカ」に筒抜《つつぬ》けになっているということだった。

実際に行動を起こしたのは「元々のタリカ」だとしても、「今のタリカ」が目覚めた時に、彼女の脳は、感覚は、その時のことをしっかり記憶しているのだ。

国王やジェロームの尽力《じんりょく》により、「元々のタリカ」が犯《おか》した事件は少しずつ解決し、国民たちの理解も得られている。だが、いくら周りが認めていようと、自分の体が犯《おか》した罪の記憶の数々が、彼女の中から消えることはない。

優しい「今のタリカ」のことだ。自分のしでかしたことに悩《なや》み苦しむだろう。

それならばいっそ、目覚める前に命を絶たれた方が、幸せなのではないか。

「……ふっざけるな」

王城の廊下《ろうか》を歩いていたキースがいきなり悪態《あくたい》をついたので、すれ違った使用人がぎょっとして逃げていった。

あの悪女タリカのことだ。「このまま目覚めない方がいい」「死んだ方が幸せ」などとキースに囁《ささや》き、タリカを殺《あや》めさせようとしたのだろう。

「誰があんたの口車に乗るか、性悪女め」

タリカの今後を選ぶのはキースではない。タリカ自身だ。

そのためにもキースは、タリカの目覚めを望んでいるのだから。

「あんたの思惑には、乗らない」

どこかへ消えてしまった永遠の敵に、キースは嘲笑《ちょうしょう》をくれてやったのだった。

＊　＊　＊

からりと晴れた、過ごしやすい夏の日。

「では、行ってくる」

「はい、お待ちしております」

ジゼルといつものやり取りをし、キースは馬車を降りた。今日は花束の他に、大きめの封筒も持参している。

それらを手にしたキースは、いつものようにブラックフォード家の門をくぐった。すると、ちょうど屋敷《やしき》を出てこちらに歩いてくる人物を目にし、思わず「ゲッ」と漏《も》らしてしまう。

なぜ、あいつがここに――

「おや、キャサリン女史、久しぶりだね」

相手もこちらに気づいたようなので、回避することもできず、キースは渋々《しぶしぶ》かの人と顔を合わせることになった。

「いや……キース・ラトクリフ様と呼んだ方がいいだろうか」

「あんたも知っているだろうが、俺はもうキャサリンからキースになった。だから、ただのキースと呼んでくればいい」

キースはぶっきらぼうに言い、自分より頭一つ分背の高い青年――ロイをじろりと睨《にら》んだ。

夏の太陽を浴《あ》びてきらきら輝く金髪に、やけに白い歯。その口元を見ていると、彼がタリカにキスマークを付けたことを思い出し、無性に腹が立ってくる。

キースは先日、家族と相談の末に出版社に出向き、キース・ラトクリフとして作家活動を再開したいと伝えた。

王妃をはじめとした貴婦人は国王の予想どおり、「上級貴族が架空《かくう》小説を読むなんてみっともない」という反対派に派手に対抗し、王城ではかなりの論争が起きたそうだ。

だが、「なぜ架空《かくう》小説がみっともないのか」に明確な反論ができなかった反対派は、貴婦人たちの前にあっさり敗北。貴族があらゆる種類の本を読むことに異議なし、となったのだという。

よってラトクリフ侯爵家への攻撃は一気に収まり、逆に貴婦人たちから「もっと恋愛小説を書いてくれ」と寄附金を寄せられるまでになった。

キースは、遠慮《えんりょ》してもなお引かなかった貴婦人たちから渋々《しぶしぶ》金を受け取り、それを全て出版業界に回すことにしたのだ。

そうして、自分は「キャサリン・スノー」という偽《いつわ》りの姿を捨て、「キース・ラトクリフ」として執筆《しっぴつ》を続ける決心をした。

出版社は最初こそかなり迷っていたが、最近貴族からの本の注文も増えたため、キースの行動によって出版業界が潤《うるお》ったことは否めなかったようだ。よってキースの復帰は認められ、彼は女性向けの甘酸《あまず》っぱい恋愛小説を書く「男性」作家として生まれ変わることになったのである。

美貌《びぼう》の恋愛小説家ロイ・スミスは、一ヶ月前にはタリカ奪還《だっかん》という目的で協力したが、元々キースは彼のことが好きではない。

そんなロイはキースの殺人的な視線をものともせず、あははと軽やかに笑っている。

「そうか、それじゃあただのキース君。君もこれからタリカのお見舞いかな？」

馴《な》れ馴《な》れしくあいつの名を呼ぶな、という言葉が喉《のど》まで出かかった。しかし、自分はそんな独占欲を丸出しにできる立場でないということに瞬時《しゅんじ》に気づき、おとなしく頷《うなず》くことにした。

「……そうだ。悪いか」

「いや、全く？　それにしても……」

ロイが無遠慮《えんりょ》にじろじろ眺《なが》めてくるため、キースは鼻に皺《しわ》を寄せてロイから距離を取った。それでもなおロイが距離を詰《つ》めてくるので、じりじりと後退しつつ顔をしかめる。

「……俺は、男に言い寄られる趣味《しゅみ》はない」

「知ってる。僕だって好きで男に近づいているわけじゃない」

「じゃあさっさと帰ってくれ。俺はタリカに用がある」

「うんうん、そりゃあ君、好きな女の子の姿は早く見たいものね」

「……は？」

ロイは表情をなくしたキースの顔を満足そうに眺《なが》め、「そういえば」と続ける。

「僕ね、最初に会った時から、君が男の子だって気づいていたから」

「……。……あんた、男も口説《くど》く趣味《しゅみ》があるのか⁉」

「まさか。どんな反応をするかと思って、ちょーっとからかっただけだよ。僕は世界中の全ての女の子を愛する男だからね」

「……タリカに暴行をした身でよくそんなことが言える」

「ああ、キスマークのこと？　いやだってさ、強気にこっちを見つめる姿を見ていたら……こう……あー、キスしたいなぁ、って思っちゃうだろう？」

「だろう、じゃない！　失《う》せろ脳内薔薇《ばら》男！」

「はいはい。……まあとにかく、これからは男性恋愛小説作家仲間としてよろしく。あと、君がいつまでも初《うぶ》な少年でいるなら、君の片思いの可愛い妖精《ようせい》ちゃん、僕がさらっともらっちゃうからね」

「……失《う》せろっ！」

「了解です、キースせんせーい」

ばいばーい、と手を振ってロイが去っていく。

キースはかっかと熱を放ちながら、屋敷《やしき》へ向かった。ロイの見つめる攻撃から逃げ回ったので、門から屋敷《やしき》に続く直線ルートからかなり外《はず》れてしまった。

「……なんで誰も彼も、あいつをかっさらおうとするんだ」

ぶつぶつ呟《つぶや》きながら、キースはブラックフォード家の屋敷《やしき》へ続く緩《ゆる》やかな坂を上《のぼ》っていった。

玄関では、いつものように執事たちが待っていた。

キースとロイのやり取りは彼らにも丸見えだったらしく、「お疲れ様でした」と一言労《ねぎら》われてしまい、いたたまれない気持ちになる。

いつものようにマリィに花束を渡し、タリカの部屋に上がると、今日の彼女は窓辺《まどべ》の揺《ゆ》り椅子《いす》ではなく、デスクの前に座っていた。といっても何かを書くとか読むとかするわけでもなく、きれいな姿勢で椅子《いす》に座ってぼんやりと宙《ちゅう》を見つめているだけである。

「こんにちは、タリカ。今日はあんたに見せたいものがあるんだ」

そう言ってキースは窓辺《まどべ》にあった椅子《いす》を引っ張り、タリカの前に移動して座った。

相変わらずタリカは反応しない。

ただ機械的にまぶたを上下させ、眼球が乾《かわ》かないようにしているだけだった。

そんな彼女の横で、キースは封筒から原稿《げんこう》の束を取り出した。

表紙に書かれているのは――

「これ、あんたのために書いた小説なんだ」

キースは柔《やわ》らかな声で言い、表紙の「タリカ・ブラックフォードへ　キース・ラトクリフより」の文字をなぞった。

動く人形状態で生きているタリカ。

なんとかして彼女の魂《たましい》を呼び戻したい、少しでも自分たちに関心を抱いてほしい、感情を見せてほしい。

そう思ってキースはここしばらくアトリエに籠《こ》もり、短編小説を書いたのだ。

キースがタリカのためだけに書いた、世界でたった一つだけの小説。

「元々のタリカ」のせいで彼女の愛読書たちは全て処分されてしまったそうなので、せめて自分の小説で彼女を元気づけられたら、と思って書いた物語だ。

「……今はあんたが読むのはちょっと難しいよな。だから、俺が音読《おんどく》するよ」

自分が書いた小説を推敲《すいこう》のために読み直すならまだしも、音読《おんどく》するというのはかなり恥ずかしい。

だがこの場にはタリカ以外はいないし、何より、タリカに聞いてもらいたいという気持ちの方が強かった。

キースは椅子《いす》に深く腰掛け、原稿《げんこう》を膝《ひざ》の上に乗せた。そして咳《せき》払いをし、自分がたった一人の女性――タリカだけのために書いた小説を、読み始めた。


かちん、と柱時計が時間を刻《きざ》む。

タリカが聞き取りやすいよう、ゆっくり読み上げた。だからか、原稿《げんこう》用紙十数枚程度の短編小説にしては、読み終えるのにかなり時間がかかったと思う。

最後のフレーズを読み終えたキースはふうっと息をつく。

反応がないのは分かっていた。

今のタリカは、魂《たましい》と体が融合《ゆうごう》できていない。かろうじて日常生活を送ることができているだけで、小説を読んで感動することは難しいのだ。

そう思って顔を上げたキースは――思わず、小さな悲鳴《ひめい》を上げてしまった。

なぜなら、赤銅色《しゃくどう》の双眸《そうぼう》と視線がぶつかったからだ。

下を向いて原稿《げんこう》を読んでいたため気づかなかったが、いつの間にかタリカはキースの方を向いていたのだ。

向いているだけで、何か言葉を発したわけでも表情を動かしたわけでもない。だが、これまで彼女がキースの声に反応してこちらを向いたためしは、一度もなかった。

一瞬、胸からどっと喜びが込み上げてきた。……だが、すぐに冷静なもう一人の自分が諭《さと》してくる。

タリカはキースの音読《おんどく》に反応したのではなく、ただ偶然こちらを見ていただけかもしれないじゃないか、と。

急に体がすうっと冷える中、キースは原稿《げんこう》をデスクに置き、おそるおそる体の位置をずらした。

タリカは動かない。

思い切って、椅子《いす》ごと彼女の隣に移動した。

タリカは動かない。

だが――徐《おもむろ》に彼女の首が動き、移動したキースを追った。

それだけでなく、彼女の目は真っ直ぐキースを見つめている。

何もない空《くう》を見つめるのでも偶然キースの方を見ているのでもなく、彼の目を見ている。

どくん――とキースの胸が再び激しく脈打つ。

タリカに、声が届いている？

小説を読み上げるキースの声が、彼女の不安定な心にも届いたのだろうか。

「……タリカ？」

震《ふる》える声で呼びかける。反応はなく、瞬《まばた》きだけした。

「タリカ」

もう一度呼ぶ。彼女は何も言わず、瞬《まばた》きだけした。

……もしかして、この瞬《まばた》きが彼女なりの「返事」なのではないか。

何度かタリカの名を呼び、「俺はキースだ」と呼びかける。すると、そのたびに彼女のまつげが震《ふる》えて瞬《まばた》きし、予想が確信に変わった。

とにかく、何か話しかけなければ。

彼女の関心をこちらに引きつけ続けなければ。

「……あんたって、案外いろんな男にモテるよな。殿下だってあんたに惚《ほ》れているみたいだし、ロイも――おい、まさかさっき、あいつに変なことされていないよな？　キスされていないよな⁉」

慌《あわ》てて彼女の首筋やのど元を確認する。

今日のところはひとまずあの鬱血痕《うっけつこん》は見られないが、ロイのことだ。いつキースを出し抜いてくるか分かったものではない。

あの色気を振りまく作家にだけは、今後も警戒《けいかい》を続けるべきだろう。

「タリカ……俺、あんたに幸せになってほしい」

キースはそう呼びかけ、そっとタリカの手に自分の手を重ねた。

タリカの指は、真夏だとは思えないほど冷たい。以前、恋愛描写研究のために手を握《にぎ》り合った時よりも肉がそげ、皮膚《ひふ》が薄くなっているような気がした。

「今、あんたのために読んだ小説。ヒロインはヒーローとすれ違いそうになりながらも、最後には幸せになれただろう？　……俺はこのヒロインだけじゃなくて、あんたにも幸せになってもらいたい。あんたもハッピーエンドを迎えないといけないんだ」

少しだけ、手に力を入れる。

タリカの手がキースの手を握《にぎ》り返してくれることはなかったが、こうしていると、彼女の冷え切った指先に自分の熱を送り込むことができるような気がした。

「俺、あんたと約束したよな。あんたが消えてしまったら、捜しに行くって」

あの時――もしかするとタリカは本能的に、自分が「元々のタリカ」に意識を奪《うば》われることを予期していたのではないか。

だから「私のことを信じてくれるか」、「私が消えても、待っていてくれるか」と自分に問うたのではないか。

「あんたは笑っていてよ。あのわけの分からないモエーとかキュン死にするーとか言いながら、俺の原稿《げんこう》を読めばいい。というか、俺以外の原稿《げんこう》を読むな。あんたはずっと、俺の助手でいればいいんだ。だから――あんたを捜しに行くよ、タリカ」

左手を持ち上げ、タリカの前髪を掻《か》き上げた。

タリカの眼球が動き、キースの左手の動きを視線で追っているようだ。

キースは立ち上がり、右手をタリカの肩に、左手を彼女の耳の横に添え、僅《わず》かに上向かせた。

「あんたは、俺だけを見ていてくれ」

祈るように、ねだるように囁《ささや》き、キースはそっと、タリカの額《ひたい》にキスを落とした。

＊　＊　＊

……頭がぼんやりする。

なんとなく体の感覚はあるのに、はっきりしない。

ちょっと深く物事を考えようとすれば、もやもやが濃くなって考えるのが面倒《めんどう》になってしまう。

真っ白で、何もない世界。

なんだろう。こんな場所にいて不安なのに、この霧《きり》が晴れてしまうのが怖いと本能的に感じていた。

私は霧《きり》によって隠《かく》されているんじゃなくて、霧《きり》のおかげで「何か」から守られているんじゃないか。

この霧《きり》の向こうには、私が知りたくない、見たくないものが待ち受けているんじゃないか。

そう思うと、しっかりしようという気も失《う》せてくる。

……ああ、ああ、たいくつ。

何もかも、よく分からない。

こんなんだったら……いっそ、死んだ方がましなのかなぁ？


ぼんやりしていると、霧《きり》の向こうから、何かの音が聞こえてきた。

……これは、なんだろう？　誰かの声？

なんとなく聞いたことがあるような――でも、やっぱり思い出すのが面倒《めんどう》だ。

……あれ？　これは、話し声じゃない。歌？　お話？

誰の声なのかを考えるのは面倒《めんどう》だけれど、お話の内容だけ聞くのなら、いいかも。

そう思ってその声にそっと耳を傾《かたむ》けた。


――どうしてだろう。

この話を聞いていると、胸が苦しくなる。

これまでずっと濃かった霧《きり》が少しだけ薄れ、その向こうにある世界が見え隠《かく》れしているみたい。

『……俺、あんたに幸せになってほしい』

突如《とつじょ》、それまでのもやがかかったような声から一転、はっきりと耳に飛び込んできた声に、私は跳《と》び上がりそうになった。

『あんたもハッピーエンドを迎えないといけないんだ』

ハッピーエンド？　私がハッピーエンドを迎える？

そんなこと、あり得るの？

『あんたは笑っていてよ』

笑う——笑うって、どうするんだっけ？

『あんたを捜しに行くよ、タリカ』

……私を捜しに来るの？

霧《きり》の中で眠っている方が楽だと思う私を、あなたは迎えに来てくれるの？

『あんたは、俺だけを見ていてくれ』

私は、あなたを見ていればいい……？

前まではだるさのあまり何もしようとしなかった体に鞭打《むちう》ち、腕《うで》を伸ばした。

濃い霧《きり》は、私の行動を拒《こば》むかのように私を押し返してくる。

嫌だ。私はそっちに行きたい。

何が待っているのか分からなくて不安だけど。ひょっとしたら、傷つくのかもしれないけれど。

この霧《きり》の中にいたまま静かに死を迎えた方が、楽なのかもしれないけれど——

思い切って、白い霧に頭から突っ込んだ。

とたん、強い力に体が引っ張られ、私は落ちていく。

私を守っていた白い世界が、遠のいていく。

……でも、怖くはない。

私の肩と頬《ほお》に触《ふ》れる手が。

そして——額《ひたい》にはっきりと感じる温もりが、私を導いてくれるから。

……ここは、どこだろう？

白い天井。嗅《か》ぎ慣れた匂い。

目の前には――二つの琥珀《こはく》？

「……ぃす」

名を呼ぼうとしたけれど、ゲホゲホとむせてしまった。しばらくまともに使っていなかった喉《のど》が、

「いきなり無茶をするな！」と悲鳴《ひめい》を上げている。

「……た、タリカ？」

息苦しさに涙目《なみだめ》になった私の背中に、そっと温かい手の平が添えられた。あやすようにさすられ
ていると、少しずつ喉《のど》の苦しみが消えていく。

「おい、タリカ⁉　あんた……気がついたんだな⁉」

「んぐっ……キー、ス？」

あ、ちゃんと分かる。

彼は、キース。白い闇《やみ》の中で私に呼びかけてくれた人。

「あの、わた――」

「タリカっ！」

色々問おうとした瞬間、私は正面から凄《すさ》まじい勢いで抱きつかれた。やたらでかい胸が圧迫《あっぱく》され、
ぐえっと色気のイの字もない潰《つぶ》れた声を上げてしまう。

「よかった……！　ったく、心配させやがって！」

「っ……ごめ、なさ」

「馬鹿っ、謝れとは言ってないだろうっ！」

「り、理不尽」

「ちょっと黙《だま》ってろ」

いきなり上から目線で命じられたものだから、思わずむっとしてキースの顔を睨《にら》み付けてしまう。

「な、何よ。どうせキースなん……て……」

その時、ピコンと私の頭の中で何かが音を立てた。

——そうだ、思い出した。

私は、キースの秘密をばらした。

私の行動を諌《いさ》めようとしたマリィを、理不尽に解雇《かいこ》した。

話をしに来たキースを騙《だま》し、彼に汚名を着せた。

私を救うべく駆《か》けつけてくれたキースやマリィ、ジェローム殿下やロイ先生に、ひどい言葉を吐いた——

これまで私が築《きず》いてきたものは、全部崩《くず》されてしまった。

「タリカ」は私に体を譲《ゆず》り渡す直前、「せいぜい苦しめばいいわ」と高笑いしていたっけ……

「……わ、私……私、皆になんてことを……！」

「思い出してしまったか……落ち着け、タリカ」

「いっ……！　来ないで！」

私の頬《ほお》に触《ふ》れてくるキースの手が温かくて、優しくて――

その手に触《ふ》れられる資格のない私は、椅子《いす》を蹴倒《けたお》す勢いで後退した。

来ないで。裏切り者の私に近づかないで！

「私っ……！　私、あなたの秘密を――！」

「分かってるから、まずは落ち着いてくれ」

「……ああ、マリィは!?　皆は!?」

「タリカっ！」

とたん、怒りの形相《ぎょうそう》で迫《せま》るキースに、私は思わず悲鳴《ひめい》を上げて椅子《いす》から転げ落ちてしまった。

殴《なぐ》られる。

秘密をばらしてしまった私は、彼に殴《なぐ》られる。

顔に衝撃《しょうげき》が来るのを、ぎゅっと目を閉じ、唇を噛《か》みしめて待った。

でも、顔に衝撃《しょうげき》は来なかった。代わりに、デスクの下に倒れ込んでいた私の背中に腕《うで》が回って、抱き上げられる。

そして――

柔《やわ》らかいものが、私の唇にぶつかった。

どう考えても、拳《こぶし》じゃない。

もっと柔《やわ》らかくて薄くて、ちょっとだけ湿《しめ》っているもの。

これは――くち、びる？

「……少し、黙《だま》っていろ」

低く囁《ささや》かれた声に、思わず背筋がぞくぞくっとして目を見開く。

そこにあったのは、激しい炎に燃える琥珀《こはく》色の双眸《そうぼう》。

私の背中に添えられていた大きな手の平が腰に回り、もう片方の手が私の顔をぐいっと仰向《あおむ》かせる。

次の瞬間、私は再びキースにキスされていた。

重なった唇はお互い少し濡《ぬ》れていて、吐息がやけに熱く感じられた。思わず「んっ……」と鼻声を出すと、キースも色っぽい吐息を漏《も》らして私の唇をさらに求めてくる。

……なんだろう。

それまで無茶苦茶だった胸の中が穏《おだ》やかになって、頭の中がぼんやりしてくる。

「キー……っ」

「……いきなり、悪い。でも、俺の話を聞いてほしいんだ」

そう囁《ささや》くキースの目に、ついさっきまで宿《やど》っていた激しい炎は残っていない。

唇が離れ、私たちは至近距離で見つめ合っていた。

……今気づいたけれど、私たちはデスクの下に潜《もぐ》り込んでいて、しかも私はキースにのしかかられている体勢だ。これって傍目《はため》から見たら、かなり……その……

同じく今の状況に気づいたらしいキースはばつが悪そうに頬《ほお》を掻《か》き、私の体に腕《うで》を回して引き上げてくれた。彼は倒れていた椅子《いす》を器用に足を使って起こし、私を座らせた——けれど、私は体に力が入らずふにゃっとなり、彼の胸に倒れ込んでしまう。

「あっ……ご、ごめんなさい」

「いや、いいんだ。……まだ体が辛いよな？　あっちに移動しよう」

キースはどことなく艶《つや》っぽいため息をつくと、一言断ってから私の体を抱き上げた。

わっ、キース力持ち。

いきなり目線が高くなったので、反射的に彼の頭に抱きついたんだけど、「この馬鹿！」とそれまでの態度が嘘のように叱《しか》られた。

……あっ、私の胸の間にキースの頭が埋《う》まっている。すまん！

顔中真っ赤になったキースに抱えられ、なんとか私はソファに移動した。ここなら少々体ががくたっとしても倒れることはないし、隣に座ったキースが私の体を支えてくれるから安心だ。

私はキースの肩に身を預け——その筋肉を感じてドキドキしつつ、彼を見上げた。

「……あの、キース。聞いてもいい？」

「ああ。なんでも聞いてくれ」

「どうしてさっき、キスしたの？」

「それを今聞くかこの馬鹿女！」

「なんでも聞いてくれって言ったのにひどくない⁉」

キースは裏返った声を上げ、ぎろりと睨《にら》んできた。

でも、そんなこと言われても……さっきのキスでいろんなものが吹っ飛んでしまったんだもの。

「……あっ、分かった！　私がうるさいから黙《だま》らせようと、口で塞《ふさ》いだのね！」

「いきなりしたことは誠心誠意詫《わ》びる。だが、それだと俺は静かにさせるためなら誰彼構わずキスをする痴漢《ちかん》になるから、今すぐ訂正《ていせい》しろ」

「えっ……じゃあ、私だからキスしたの？」

「……どうして！　あんたはそういうことを堂々と問えるんだ、この変態女！」

「はぁ!?　黙《だま》らせるためだからって、いきなりキスする男に言われたくないわよ、この変態！」

「うっ」

おや、今回は私の勝ちみたいだ。

キースは真っ赤になって、何やらもごもご言い訳した後、吹っ切れたように鼻を鳴らした。

「……今はそういうのはいいから、状況確認だ。……まず、あんた、体調は大丈夫か？　その、俺も大人げなくあんたに怒鳴《どな》ってしまって、申し訳ない。痛いところはないか？」

とたん、私も一気にクールダウンした。

……ああ、もう。

真っ赤になって怒鳴《どな》ってきたかと思ったら、これだもの。ずるい。

「……ええ。思ったよりも平気よ。こっちこそごめんなさい」

「ん。いいんだ」

キースはこっくり頷《うなず》く。

そして私たちはさっきまでの喧嘩《けんか》が嘘のように、ゆっくりした口調で、これまでのことを確認し始めた。

それぞれの事情をすり合わせるのに、結構な時間を要《よう》した。

ただでさえ話す内容は多かったし、私が途中で呼吸が苦しくなったり咳《せ》き込んだりするから、キースは何度も休憩《きゅうけい》を挟《はさ》んで、侍女にお茶を淹《い》れてもらってくれた。

ちらっとだけど、マリィの姿も廊下《ろうか》に見えた。

マリィは私を見ると、微笑んで会釈《えしゃく》をした。

私、マリィに辛く当たって、理不尽に解雇《かいこ》したというのに。

許《ゆる》してくれる……のだろうか。

「……そう、なの。私がぼんやりしている間に夏になって、いろんなことが進んだのね」

冷茶のグラスを手に呟《つぶや》くと、キースは頷《うなず》いた。

「あんたの事情を知った国民や貴族は、むしろあんたの境遇《きょうぐう》に同情している。ただ単に性格改善しました、だと疑われても仕方なかったが、そもそも別人となれば受け入れるしかないだろう」

「うん……で、最終的にタリカにざまーって言うためには、私が幸せになればいいってことなのね？」

さっきキースから、ジェローム殿下や陛下と話した内容について教えてもらったのだ。それについて指摘《してき》すると、彼はまた頷《うなず》いた。

「あんたがこれまでのことを全部乗り越え、幸せになってしまえば、あいつは悔《くや》しがるだろう。あいつの思いどおりにはならないというのが一番の……ざまーなんだろう」

「そう、ね。きっとそうね」

私はふーっと息をつき、冷茶を口に含んだ。ああ、おいしい。

「キースも、本名で作家活動ができるようになったのね」

「そうだ。色々あったが今では、王侯貴族の女性の間で恋愛小説が流行《はや》っているんだ」

「うーん……王妃様も読んでいるなんて、信じられないわ」

「そもそも、架空《かくう》物語を王族や上級貴族が読んではならないなんて法律はない。ただ単に昔の人間が『はしたない』と言ったことを、俺たち今の人間が何も疑わずに受け入れていただけの話だ」

「それをキースが打破《だは》したのね」

「いや、打破《だは》したのはあんただろう」

「私は異世界人だもの。全然違うし——ああ、そうだ。私、今は十八歳の体を持っているけれど、魂《たましい》の年齢はもうちょっと上だから」

ふと思い出したことを伝えたところ、キースは「えっ」と小さく声を上げた。

「年上……？　こんなにそそっかしいのが十八歳だなんて、と心配していたくらいなのに、もっと上なのか!?」

「失礼ね！　あなたより十歳くらいは上なのよ！」

「……嘘だろう」

キースは愕然《がくぜん》としている。

……何よ、その目。

「……あのね、私だって好きで十八歳の体に憑依《ひょうい》したわけじゃないんだから。……まあ、お肌はつやつやに戻ったし、前より胸は大きいし、美少女になれて嫌なわけじゃないけれど」

「……お、俺はあんたの実年齢が何歳だろうと、元がどんな女性だろうと、態度を変えたりはしないからな！」

「分かっているわよ」

私はくすっと笑い、キースの肩にもたれかかった。

一瞬だけキースの肩がびくっと震《ふる》えたものの、すぐに彼は腕《うで》を回し、優しく私の肩を抱き寄せた。

「……私、十八歳のタリカ・ブラックフォードとしてこの世界で生きて……いいのね？」

そう小さく呟《つぶや》くと、キースは私のつむじに頬《ほお》を押し当て、頷《うなず》いたようだ。

「そうだ。ここにいるのが――本当のタリカ、本当のあんただ」

「キース」

くすくすと笑い合い、どちらからともなく顔が近づいていく。

「――」

キースは私の名を呼び、そして「タリカ」と言い直す。

「ちょっと順番を間違えてしまった気がするが――言わせてくれ」

「……うん」

「俺、あんたのことが好きだよ」

——ああ。

この言葉を、聞きたかった。

「タリカ」に体を奪《うば》い返されていた時、彼女の口からあざけりの言葉として放たれるのを聞くんじゃなくて、彼の口から聞きたかった。

優しい、琥珀《こはく》色の目が私を見ている。

私を気遣ってくれるあなた。

私を捜しに来てくれたあなた。

そんなあなたのことが——

「……うん。私も好きよ、キース。世間一般とは順番がちょっと違うかもしれないけれど……きっと、こんなストーリーもとっても素敵だと思うの」

そう囁《ささや》くと、キースの目が幸せそうに弧《こ》を描《えが》いた。

ぎゅっと抱きしめられ、彼の顔が近づく。

……世間に出回っている恋愛小説らしくはないかもしれない。

でもきっとこれが、私たちにとっての最高のストーリー。

私たちなりのハッピーエンドに続くと信じている。

終章　幸福なヒロイン

私の足腰が完全に回復し、休憩《きゅうけい》を挟《はさ》まなくても問題なく会話ができるようになるまで、数日を要《よう》した。

その後、私はまずマリィたちに謝り、きちんと自分のことを説明した。

皆、涙を流して私を抱きしめてくれた。

お父様は、しばらく見ないうちにげっそりとやつれていた。それでも私をしっかりと抱きしめ、「これからは君の父として、君が幸せになれるよう努力するよ」と言ってくださった。

そしてお父様に連れられ、ジェローム殿下や両陛下にも挨拶《あいさつ》に伺《うかが》った。

皆は私の復活を喜んでくださり、これからなんでも相談に乗ると心強いお言葉をいただいた。ちなみにその後王妃様に呼び出され、「キャサリン・スノーもといキース・ラトクリフの作品について語ろうの会」とかいう貴婦人のサロンに連行されてしまった。

皆の恋愛小説への熱意、凄《すさ》まじい。

負けずに思う存分萌《も》えトークをした私は、またいつでも来てね、と奥様方から熱烈《ねつれつ》なハグももらったのだった。

そして――

私は再びキースの助手として、彼のアトリエを訪れるようになっていた。

まずラトクリフ侯爵に挨拶《あいさつ》に伺《うかが》ったのだけれど、「これは全て息子の責任だから、あなたは気に病《や》まなくていい」と寛大《かんだい》なお言葉をもらった。

侯爵、渋《しぶ》くて素敵なおじさまだったな。キースももう三十年くらいしたら、あんな感じのナイスミドルになるんだろうか。

キャサリン・スノーではなくキース・ラトクリフとして活動するようになった彼は、以前と変わらない調子で仕事を受けているそうだ。久しぶりに会ったジゼル曰《いわ》く、「侯爵子息と公爵令嬢のタッグということで、注目を集めているのです」とのことである。

「これまでよりも仕事量が増えそうで、キース様は今一度、進路を考え直されるみたいです」

「……ああ、そういえば文官の道を考えているって言っていたっけ」

がっつり小説執筆《しっぴつ》を行《おこな》うのなら、文官になるのは難しいだろう。

するとジゼルは微笑み、「わたくしはですね」と切り出した。

「キース様とタリカ様が仲良くなられて、とても嬉しいのです」

「……そう、なの？」

正直、ジゼルの言葉を素直に受け入れることはできない。

だってジゼルは私よりずっと長くキースの側にいる。キースもジゼルを頼りにしているし——ひょっとして、ジゼルはキースのことが好きなんじゃないかと思っていた。

それにキースも私に好きって言ってくれたけれど、ジゼルに惹《ひ》かれていた時期があってもおかしくないよね……

ジゼルは不安を抱える私を見て――にやりと、初めて見る笑みを浮かべた。

「ご心配なく。わたくしはキース様を主人として敬愛しておりますが、それ以上の感情はございませんので」

「えっ⁉　え、いや、その……」

「むしろわたくし、自分が主役になるより、他人の恋愛を陰《かげ》から眺《なが》める方が好きなので。キース様がタリカ様への恋心をこじらせてもだもだする姿を見つめ、早くくっ付けばいいのに……と、ずっと思っていましたのよ」

「こじらせ……え？　その、それっていつ頃から？」

「いつでしょうねぇ」

「あっ……！　もう、ジゼルの意地悪！」

ジゼルはお茶を淹《い》れ終えると、私の追及をひらりとかわして去っていってしまった。

……今ならはっきり分かる。

かつてキースに、小説の参考のために協力してほしいと言われた時。「ジゼルに頼む」と彼が口走ったとたん、私は「それは嫌だ」と思った。

それは、ジゼルに嫉妬《しっと》していたから。

私の代わりにジゼルがキースと並んで座り、恋人つなぎをするのは――嫌だったから。そんな二人の姿を見たくないと思ったからだった。

う、うーん……だとしたら、キースがいつからこじらせていたのかという以前に、私も結構前からキースのことを……好きになっていたのかな。

「……ああ、来ていたんだな」

ジゼルと入れ替わりに部屋に来たのは、キース。

彼は私を見て、ふっと微笑んだ。

「今日もよく来てくれた、タリカ」

「ええ、お邪魔《じゃま》しているわ。今日は急ぎの案件とかはある？」

「そうだな……そこまで急ぐものはないが、新作の参考にしたいことがあるから協力を仰《あお》ぎたい」

「ええ、もちろんいいわよ」

私は快諾《かいだく》した。

……したのだけれど。

「……えーっと、キース。メモは取らなくていいの？」

今、私は後ろからキースに抱きしめられていた。

キースが両足を開いた状態でソファに深く腰掛け、彼の足の間に私が浅く座る。そしてキースは背後から私を抱きしめて、私の首筋に顔を埋《うず》め、さっきから何も言わずすんすんと鼻を鳴らしているのだ。

「……キースくーん？　どうしたの？」

「……そうだ、やっぱりこの匂いだ」

「え？　今日はいつもと違う香水にしたんだけど？」

「いや、なんでもない。それより――今度はこっちを向け。今から口説《くど》く」

「アッ、ハイ」

なんだかすごい直球を投げられた気がする。

さっきから胸はドキドキしているし、「口説《くど》く」なんてストレートに言われたら余計に緊張《きんちょう》する。

私が目覚めた日に、ファーストキスをして告白し合った私たちだけど、あれ以降これといった進展もなかったんだ。キースは奥手《おくて》だしなぁ……でももうちょっと熱烈《ねつれつ》に迫《せま》られてみたいなぁ……と思っていた矢先の、これである。

キースに抱きかかえられている状態で後ろを向くというのは、正直かなり腰に響くけれど、これも資料のためなら仕方ない――よね？

「よし、こっちを向いて、黙《だま》って俺の台詞《せりふ》を聞いていろ」

「なんという俺様」

「うるさい。……タリカ、俺はあんたが好きだよ」

おおっ、演技モードに入ったな、キース！

彼はそれまでの態度を急変させ、とろりと甘い眼差しになって、私の耳に息を吹きかけた。

それだけで全身にぞくぞくっと痺《しび》れが走り、思わず「ふげっ」と残念な悲鳴《ひめい》を上げてしまう。

あ、あれ？　この体、耳への攻撃には強いはずだったのに……？

キースはくすくすと笑って、私の左の肩口に軽く噛《か》みついてきた。

「……そういえばここ、ずっと前に別の男に痕《あと》を付けられたんだよな。……俺がもっと早く自分の気持ちに正直になっていれば、あんな痕《あと》を残されたりしなかった。それに、上書きでもなんでもしてやれたのに」

切なげに呟《つぶや》くと、キースはちゅうっと首筋の皮膚《ひふ》を吸った。

え、ここまでやるの⁉

「あっ……んっ！」

「……そんな色っぽい声を出して、俺を本気にさせるつもり？　……ほら、きれいに付いている。あんたの白い肌に映《は》えて、とってもきれいだ」

唇を離したキースが、私の肌に付いた痕《あと》を見つめて満足そうに言うけれど……え？　これってどこまでが演技なの？

なんだか小説云々《うんぬん》をよそに、キースのやりたい放題になっていない？

「あー、でも一つだけだと不十分か……なぁ、タリカ。もっと付けてもいい？」

「いやいやいや！　一つでも十分だから！」

「恥ずかしがらなくてもいいのに……いや、違うな。どんどん恥ずかしがってくれ。ただ、あんたの恥ずかしそうな顔を見ていいのは……俺だけだからな」

ひぇぇ。

男の子の成長は女の子よりも遅い分、急にぐんぐん伸びるっていうけれど、身長だけでなくて恋愛のテクニックも同じなの⁉　お姉さんびっくりだよ！

……待てよ。

そういえばジゼルはキースのことを、「こじらせていた」って言っていた。

……つまり、そういうこと？

キースはかなり前から、私のことを——そういう目で見ていたの？

「ちょっ！　キース！」

「……なんだよ」

すかさず、私はキースの顔を手の平で覆《おお》った。

この体勢からしてこいつ、私の意見を無視して二つ目を付けようとしていたな！　しかもかなりアヤシイ場所に！

ここで流されることは年上のプライドが許さないぞ、タリカ・ブラックフォード！　こういう時は心の中で仏像を数えて、精神統一。

仏像が一つ、二つ、三つ——増えていく仏像の中には、ロイ先生やジェローム殿下、キースの顔をしているものもある。うーん、心が落ち着く。

仏像パワーで平常心を取り戻した私は一つ深呼吸し、それまでキースの口を塞《ふさ》いでいた手を放すと、指先でちょんっと彼の頬《ほお》を突《つつ》いた。

「私といちゃいちゃしたいのなら、新作の参考なんて言わないでほしいわ」

「……え？」

きょとんとしたキースの顔。

私はくすりと笑い、彼の頬《ほお》にかかっていた濃い茶色の髪を払いのけ、ちゅっ……と軽くキスを落とした。

あっ、ほっぺ柔《やわ》らかい。つやつや。

「……私もあなたが好きよ、キース。あなたの照れ屋なところも、大人びているところも、ちょっと意地悪なところも——好き」

さっきキース本人がしたことをそのまま返すように、耳元で囁《ささや》いてやった。

キースは不意打ちを受けてしばし硬直《こうちょく》していたけれど、すぐに頬《ほお》を真っ赤に染めた。

ああ、もう。すぐに赤面する正直なところも好きだなぁ。

「……ふっ、そうか。俺の恋人は、結構負けず嫌いのじゃじゃ馬なんだな」

「そうね。でも、そんな私のことも好きなんでしょう？」

「あたりまえだ」

今度は私の挑発《ちょうはつ》に踊《おど》らされなかったようで、キースは不敵《ふてき》な笑みを浮かべて私の首筋にキスを落とした。

少し強く吸われる感覚がして、びくっと身を震《ふる》わせてしまう。すると、顔を上げたキースは、してやったり、と言わんばかりの表情で私をじっと見つめている。

「こうなったら、どの恋愛小説のヒロインよりもべったべたに甘やかしてやる。強気なあんたが俺のことしか考えられなくなるくらい可愛がってやるから——覚悟しろよ？」

「……ええ、もちろんよ」

私は微笑み、彼の胸に身を預けた。
――私を、どの小説のヒロインよりも幸せにしてね。
願いを込めて、私たちは互いの手を握《にぎ》り合ったのだった。

新＊感＊覚ファンタジー！

Regina レジーナブックス

レジーナブックス Regina

無限大な魔法力でスローライフ!

利己的な聖人候補

とりあえず異世界でワガママさせてもらいます

やまなぎ

イラスト：すがはら竜

神様の手違いから交通事故で命を落としてしまった小畑初子《おばたはつこ》（通称：オバちゃん）。生前の善行を認められ、聖人にスカウトされるも、自分の人生を送ろうとしていた初子は断固拒否！　するとお詫びとして異世界転生のチャンスを神様が与えてくれると言い出して……!?　チートな力で、せっかくだから今度は自由に生きてやります!!

詳しくは公式サイトにてご確認ください。

http://www.regina-books.com/

携帯サイトはこちらから！

RC
Regina
COMICS
自称 悪役令嬢な婚約者の観察記録。
1〜2
大好評
発売中
!!!!!
原作＝しき
漫画＝蓮見ナツメ
Presented by Shiki & Natsume Hasumi
アルファポリスWebサイトにて
好評連載中!!
＼異色のラブ(?)ファンタジー／
待望のコミカライズ！
優秀すぎて人生イージーモードな王太子セシル。そんなある日、侯爵令嬢バーティアと婚約したところ、突然、おかしなことを言われてしまう。
「セシル殿下！ 私は悪役令嬢ですの!!」
……バーティア曰《いわ》く、彼女には前世の記憶があり、ここは『乙女ゲーム』の世界で、彼女はセシルとヒロインの仲を引き裂く『悪役令嬢』なのだという。立派な悪役になって婚約破棄されることを目標に突っ走るバーティアは、退屈なセシルの日々に次々と騒動を巻き起こし始めて——？
恋のキューピッドは
悪役令嬢の私に
お任せください！
アルファポリス 漫画 検索
B6判 / 各定価：本体680円＋税

RC
Regina COMICS
大好評発売中!!
原作＝斎木リコ
Riko Saiki
漫画＝藤丸豆ノ介
Mamenosuke Fujimaru
シリーズ累計
13万部
突破!!
今度こそ幸せになります! 1~3
異色の転生ファンタジー
待望のコミカライズ!!
「待っていてくれ、ルイザ」。勇者に選ばれた恋人・グレアムはそう言って魔王討伐に旅立ちました。でも、待つ気はさらさらありません。実は、私ことルイザには前世が三回あり、三回とも恋人の勇者に裏切られたんです! だから四度目の今世はもう勇者なんて待たず、自力で絶対に幸せになってみせます——!
アルファポリスWebサイトにて
好評連載中!!
アルファポリス 漫画
検索
B6判 / 各定価:本体680円+税

この作品に対する皆様のご意見・ご感想をお待ちしております。

おハガキ・お手紙は以下の宛先にお送りください。

【宛先】

〒150-6005 東京都渋谷区恵比寿 4-20-3 恵比寿ｶﾞｰﾃﾞﾝﾌﾟﾚｲｽﾀﾜｰ 5F
（株）アルファポリス　書籍感想係

メールフォームでのご意見・ご感想は右のＱＲコードから、
あるいは以下のワードで検索をかけてください。

アルファポリス　書籍の感想　検索

ご感想はこちらから

本書は、「アルファポリス」（http://www.alphapolis.co.jp/）に掲載されていたものを、改稿、加筆のうえ、書籍化したものです。

元悪女《もとあくじょ》は、本《ほん》に埋《う》もれて暮《く》らしたい

瀬尾優梨（せおゆうり）

2019年 9月 5日初版発行

編集－古内沙知・宮田可南子
編集長－太田鉄平
発行者－梶本雄介
発行所－株式会社アルファポリス
〒150-6005 東京都渋谷区恵比寿4-20-3 恵比寿ｶﾞｰﾃﾞﾝﾌﾟﾚｲｽﾀﾜｰ5F
TEL 03-6277-1601（営業） 03-6277-1602（編集）
URL http://www.alphapolis.co.jp/
発売元－株式会社星雲社
〒112-0005 東京都文京区水道1-3-30
TEL 03-3868-3275
装丁・本文イラスト－kgr
装丁デザイン－ansyyqdesign
印刷－図書印刷株式会社

価格はカバーに表示されてあります。

落丁乱丁の場合はアルファポリスまでご連絡ください。

送料は小社負担でお取り替えします。


ISBN978-4-434-26423-8 C0093